五福五代堂古稀天子寶

U0112927

八徵耄念之寶

太上皇帝之寶

八徵耄念之寶
太上皇帝之寶

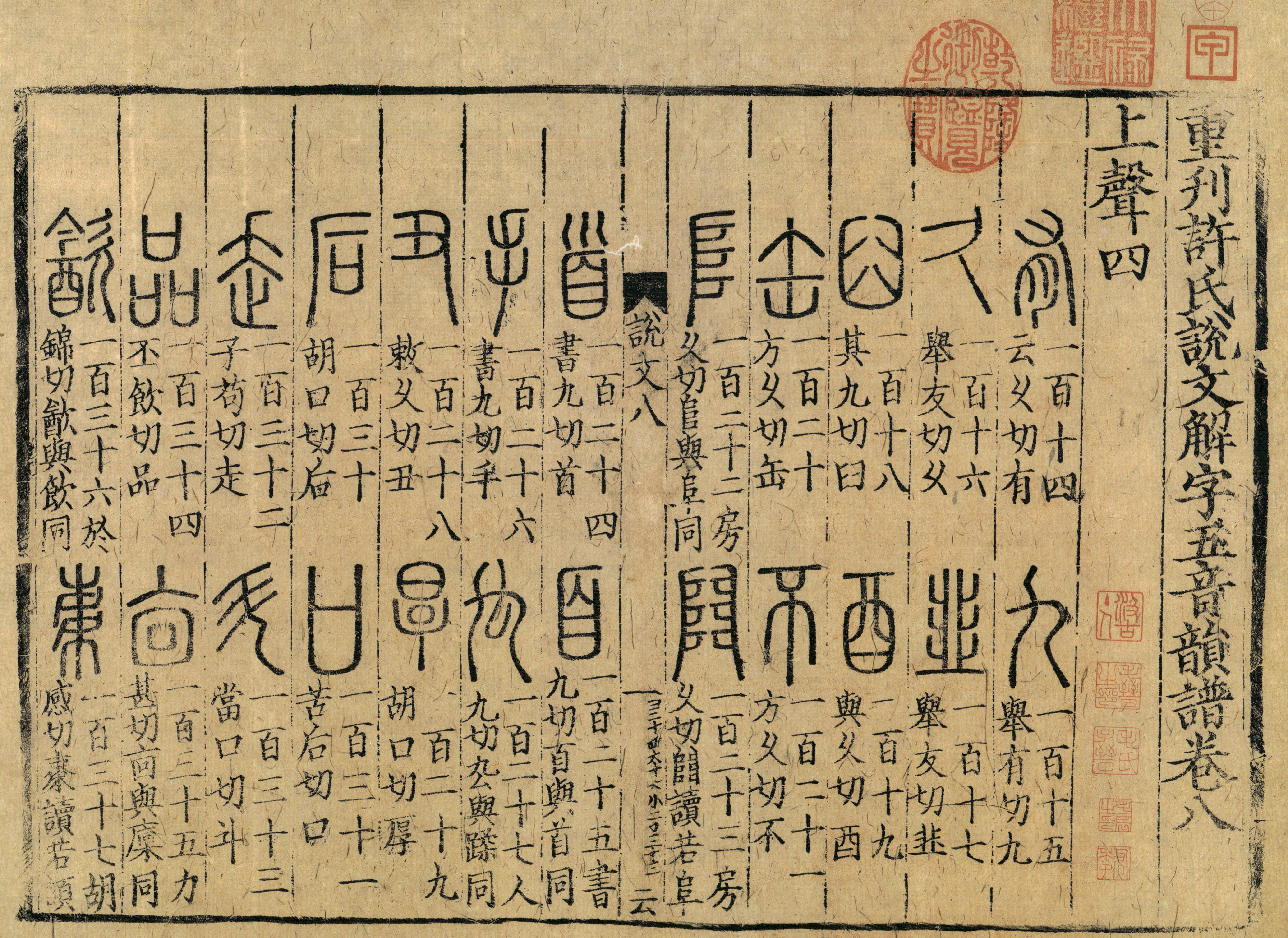

重刊許氏說文解字五音韻譜卷八

上聲四

一百十四 云久切有
一百十五 舉有切九
一百十六 舉友切久
一百十七 舉友切韭
一百十八 其九切臼
一百十九 與久切酉
一百二十 方久切缶
一百二十一 方久切不
一百二十二 房久切𨸏與阜同
一百二十三 房久切𨺅讀若阜

說文八

三千四六十六小一百二十三 云

一百二十四 書九切首
一百二十五 書九切百與首同
一百二十六 書九切手
一百二十七 人九切厹與蹂同
一百二十八 敕久切丑
一百二十九 胡口切厚
一百三十 胡口切后
一百三十一 苦后切口
一百三十二 子苟切走
一百三十三 當口切斗
一百三十四 丕飲切品
一百三十五 力甚切亩與廩同
一百三十六 於錦切㱃與飲同
一百三十七 胡感切𣐺讀若頷

一百三十八 乎感切丂讀若頷

一百三十九 以冄切炎

一百四十 而琰切冄

广 一百四十一 魚儉切广讀若儼

一百四十二 口犯切凵

一百十四 不宜有也春秋傳曰日月有食之从月又聲凡有之屬皆从有 云九切

兼有也从有龍聲讀若聾盧紅切 ○

有文章也从有惑聲於六切

文三

一百十五 陽之變也象其屈曲究盡之形凡九之屬皆从九 舉有切

九達道也似龜背故謂之馗馗高也从九从首渠追切

馗或从辵从坴

文二 重一

一百十六 从後久𡕢之象人兩脛後有距也周禮曰𡕢以諸𦍋以觀其橈

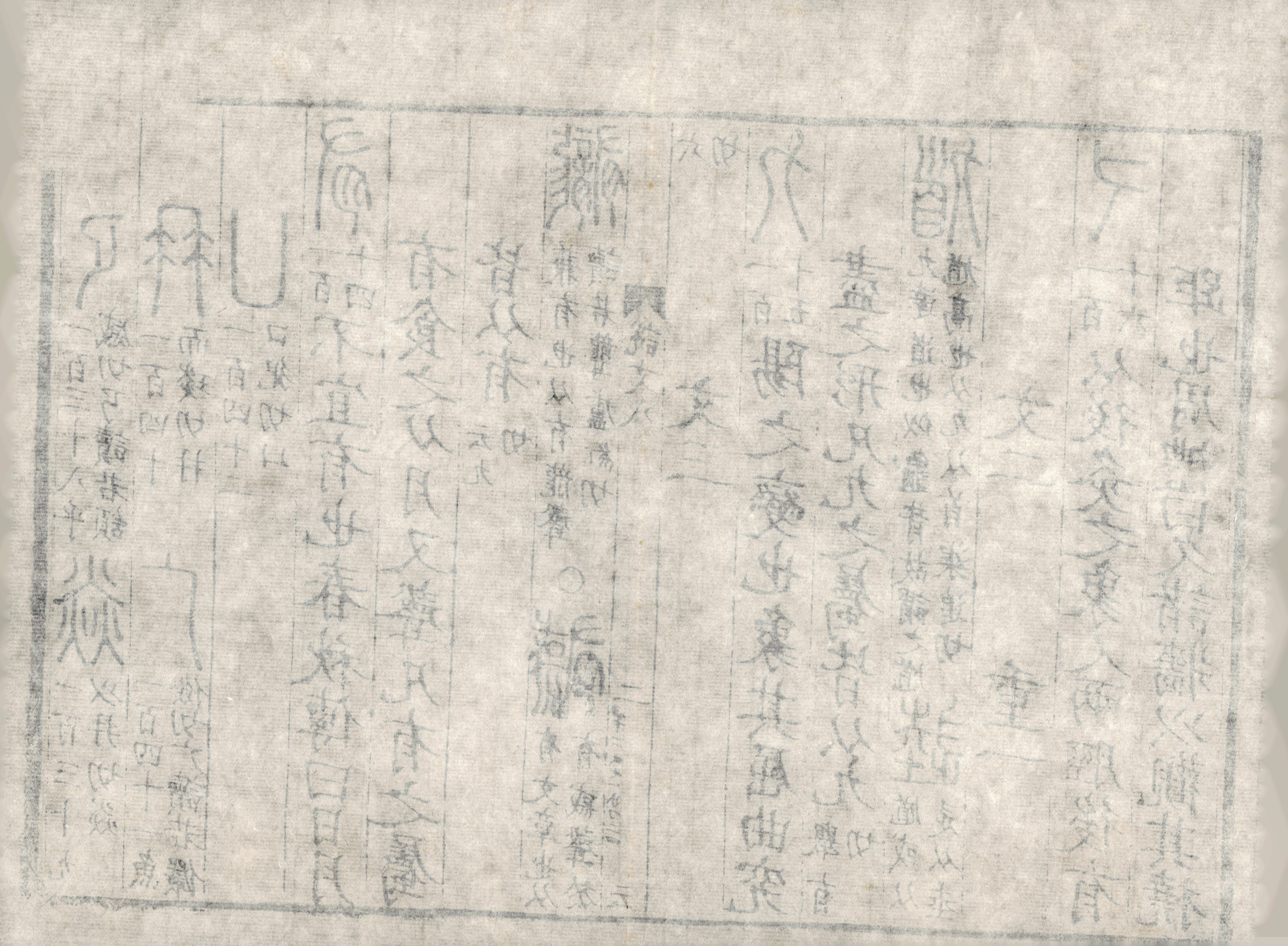

凡夂之屬皆从夂 舉友切

文一

韭 一百十七 菜名一種而久者故謂之韭象形在一之上一地也此與耑同意凡韭之屬皆从韭 舉友切

䪢 墜也从韭次朿皆聲 祖雞切

齏 䪢或从齊

䪤 小蒜也从韭番聲 附袁切 ○

韱 山韭也从韭𢦏聲 息廉切 ○

韰 菜也葉似韭从韭㪅聲 胡戒切

䪥 齏也从韭隊聲 徒對切

文六 重一

臼 一百十八 舂也古者掘地為臼其後穿木石象形中米也凡臼之屬皆从臼 其九切

舂 擣粟也从廾持杵臨臼上午杵省也古者雝父初作舂 書容切 ○

舀 抒臼也从爪臼詩曰或簸或舀 以沼切

抌 舀或从手从穴

𦥔 舀或从臼穴 ○

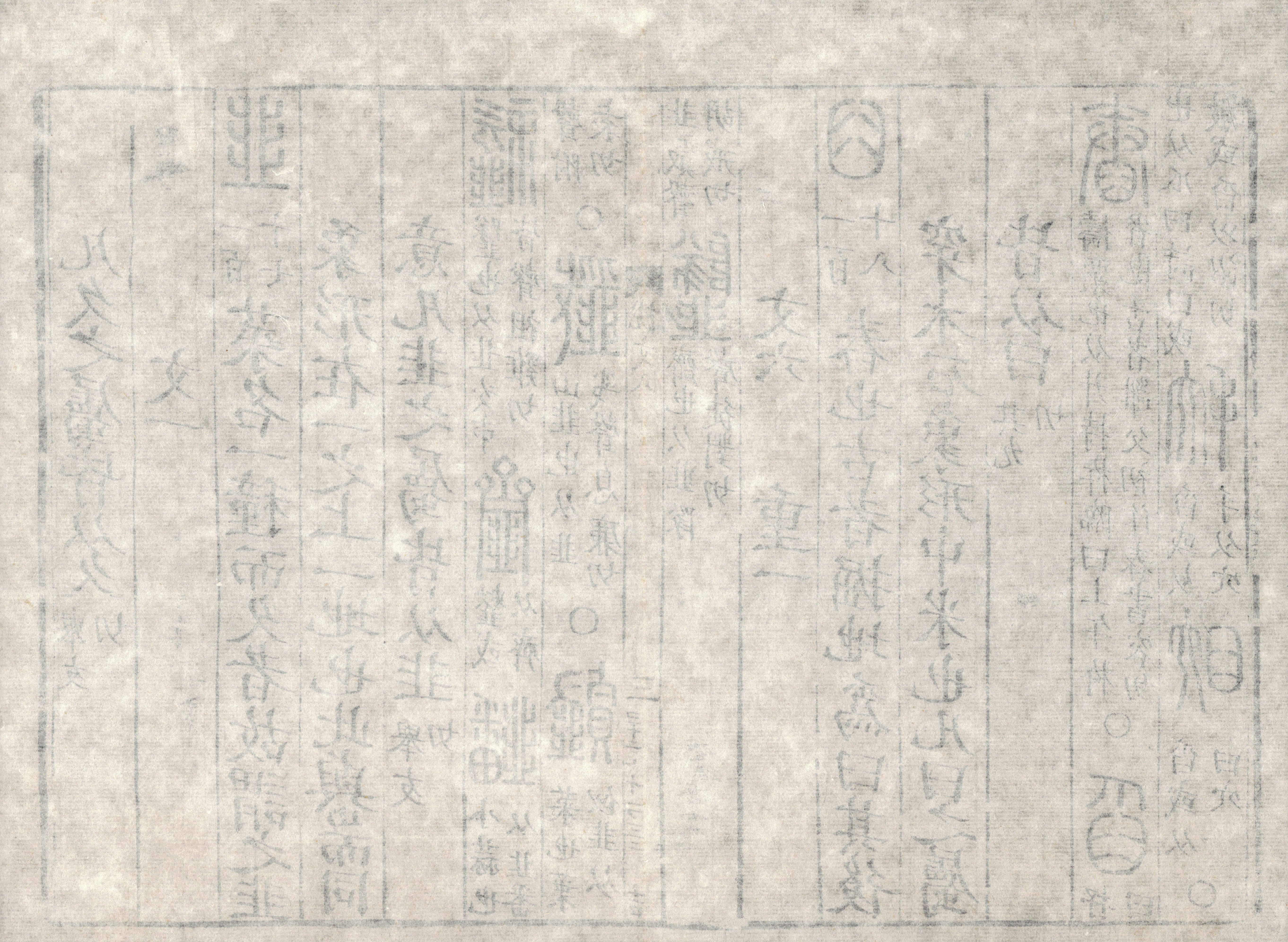

臽 小阱也从人在臼上 户猶切 ○ 𦥸 齊謂舂曰𦥸从臼屰聲讀若膊 匹各切

臿 舂去麥皮也从臼干所以臿之 楚洽切

文六 重二

酉 一百十九 就也八月黍成可爲酎酒象古文酉之形凡酉之屬皆从酉 與久切

丣 古文酉从卯卯爲春門萬物已出酉爲秋門萬物已入一閉門象也

⿰酉冡 𥻨生衣也从酉冡聲 莫紅切

⿰酉茸 酒也从酉茸聲 而容切

醲 厚酒也从酉農聲 女容切

[illegible] 酒也从酉[illegible]省 陟离切

醨 薄酒也从酉离聲讀若離 呂支切

醫 治病工也殹惡姿也醫之性然得酒而使从酉王育說一曰殹病聲酒所以治病也周禮有醫酒古者巫彭初作醫 於其切

酺 王德布大飲酒也从酉甫聲 薄乎切

酴 酒母也从酉余聲讀若廬 同都切

醐 醍醐酪之精者也从酉胡聲 戶吳切

酤 一宿酒也一曰買酒也从酉古聲 古乎切

醅 醉飽也从酉咅聲 匹回切

醇 不澆酒也从酉享聲 常倫切

醺 醉也从酉熏聲詩曰公尸來燕醺醺 許云切

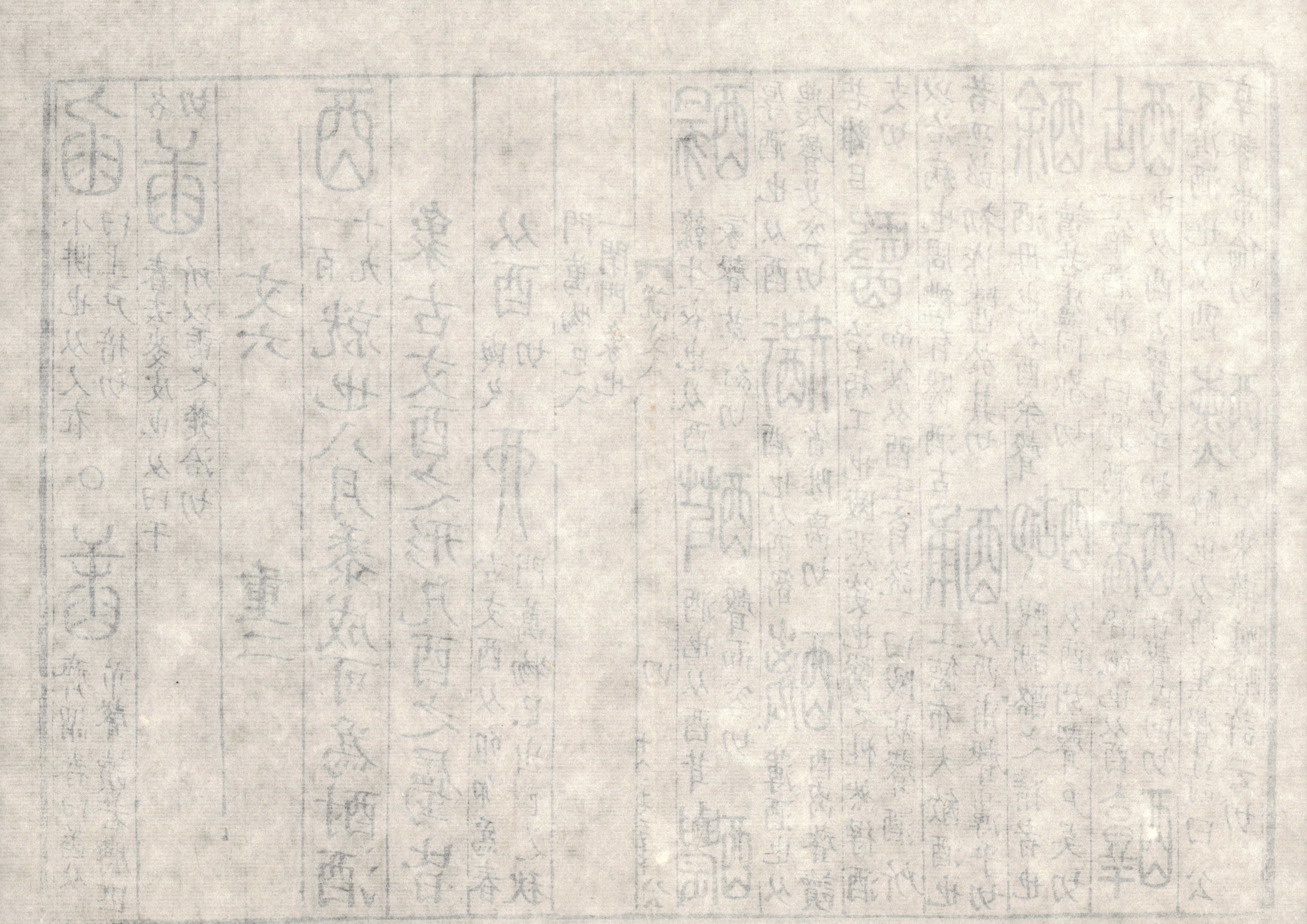

酸 酢也从酉夋聲關東謂酢曰酸素官切

䤃 籀文酸从畯

○

䤂 䤂酒也从酉肙聲古玄切

醪 汁滓酒也从酉翏聲魯刀切

酲 病酒也一曰醉而覺也从酉呈聲直貞切

醒 醉解也从酉星聲按酲字注云一曰醉而覺也則古酲亦音醒也桑經切

醻 主人進客也从酉𠷎聲市流切

酬 醻或从州

⿰酉甚 孰鬻也从酉甚聲余箴切

酖 樂酒也从酉冘聲丁含切

酣 酒樂也从酉从甘甘亦聲胡甘切

○

釃 下酒也一曰醇也从酉麗聲所綺切

酏 黍酒也从酉也聲一曰甜也賈侍中說酏爲鬻清移尔切

醹 厚酒也从酉需聲詩曰酒醴惟醹而主切

醍 清酒也从酉是聲它禮切

醴 酒一宿孰也从酉豊聲盧啟切

醢 肉醬也从酉䀋臣鉉等曰䀋甌器也所以盛醢呼改切

䤈 籀文

醆 爵也一曰酒濁而微清也从酉戔聲阻限切

酩 酩酊醉也从酉名聲莫迥切

酊 酩酊也从酉丁聲都挺切

酒 就也所以就人性之善惡从水从酉酉亦聲一曰造也吉凶所造也古者儀狄作酒醪禹嘗之而美遂疏儀狄杜康作秫酒子酉切

⿰酉朁 歃酒也从酉朁聲子朕切

醰 酒味淫也从酉覃省聲讀若春秋傳曰美而豔古禫切

⿱漸酉 闕慈冉切

⿰任酉 闕而琰切

醶 酢也从酉韱聲初減切

○

醉 卒也卒其

度量不至於亂也一曰潰也从酉从卒將遂切醧私宴歓也从酉區聲依倨切䣱醉醬也从酉句聲香遇切酢醶也从酉乍聲倉故切鉉等曰今俗作在各切䤊擣榆醬也从酉畢聲蒲計切酹餟祭也从酉寽聲郎外切配酒色也从酉巳聲臣鉉等曰巳非聲當从妃省滂佩切酨酢漿也从酉𢦏聲徒奈切酳少少歓也从酉勻聲余刃切醞釀也从酉昷聲於問切醮冠娶禮祭从酉焦聲子肖切䤖酒疾孰也从酉弁聲芳萬切𥛺醮或从示釂歓酒盡也从酉嚼省聲子肖切醬醢也从肉从酉酒以和醬也爿聲即亮切𤖯古文𤖮籒文䣼雜味也从酉京聲力讓切釀醞也作酒曰釀从酉襄聲女亮切醠濁酒也从酉盎聲烏浪切醟酗也从酉熒省聲爲命切酎三重醇酒也从酉从時省明堂月令曰孟秋天子飲酎除窌切醔醔䤈榆醬从酉敄也聲莫候切䤈醔䤈也从酉俞聲田候切醰酒味苦也从酉覃聲徒紺切𨣥泛齊行酒也从酉監聲盧瞰切醶酢漿也从酉僉聲臣鉉等曰今俗作釅非是魚窆切○莤禮祭束茅加于裸圭而灌鬯酒是爲莤象神歆之也一曰莤榼上塞也从酉从艸春秋傳曰尔貢包茅不入王祭不供無以莤酒所六切

酒厚味也从酉告聲苦沃切

飲酒俱盡也从酉𥁕聲迷必切

𥂝也从酉矞聲居律切

酒色也从酉市聲普活切

盛酒行觴也从酉勺聲之若切

會飲酒也从酉豦聲其虐切

醵或从巨

乳𥂝也从酉各聲盧各切

客酌主人也从酉昔聲在各切臣鉉等曰今俗作倉故切

酴也从酉鬲聲郎擊切

酒色也从酉弋聲與職切

文六十七　重八

文六　新附

一百二十　瓦器所以盛酒漿秦人鼓之以節謌象形凡缶之屬皆从缶方九切

瓨也从缶工聲下江切

○

瓦器也从缶包省聲古者昆吾作匋案史篇讀與缶同徒刀切

缶也从缶賏聲烏莖切

備火長頸缾也从缶熒省聲烏莖切

䍃也从缶并聲薄經切

缾或从瓦

瓦器

[illegible]

[illegible]

[illegible]

文六十七　重八

文六　新附

[illegible]

也从缶霝聲郎丁切

䍃 瓦器也从缶肉聲臣鉉等曰當〻䍃省乃得聲以周切

○缿 受錢器也从缶后聲古以瓦今以竹大口切又胡講切

○罋 汲缾也从缶雝聲烏貢切

罊 器中盡也从缶𣪊聲苦計切

甀 小口罌也从缶垂聲池偽切

罐 器也从缶雚聲古玩切

𦉜 瓦器也从缶薦聲作甸切

罅 裂也从缶虖聲缶燒善裂也呼迓切

罄 器中空也从缶殸聲殸古文磬字詩云缾之罄矣苦定切

𦉪 未燒瓦器也从缶㱿聲讀若筩莩又苦候切

䍌 小缶也从缶咅聲蒲候切

𦈢 缺也从缶占聲都念切

○缺 器破也从缶決省聲傾雪切

䍍 瓦器也从缶或聲于逼切

𦈦 下平缶也从缶乏聲讀若𦪇士盍切

文二十一　重一

文一　新附

不 一百二十一

鳥飛上翔不下來也从一一猶天也象形凡不之屬皆从不方久切

[illegible]

文一 新附

文二十一 重一

[illegible]

否 不也从口从不不亦聲徐鍇曰不可之意見於言故从口方久切

文二

𨸏 一百二十二 大陸山無石者象形凡𨸏之屬皆从𨸏 房九切

𨸐 古文

陲 危也从𨸏垂聲是爲切

陂 阪也一曰沱也从𨸏皮聲彼爲切

陴 城上女牆俾倪也从𨸏卑聲符支切

𩫖 籀文陴从𩫏

隓 敗城𨸏曰隓从𨸏𢀩聲臣鉉等曰說文無𢀩字蓋二左也衆力左之故从二左今俗作隳非是許規切

𡐦 篆文

陭 上黨猗氏阪也从𨸏奇聲於离切

⿰阝爲 鄭地阪从𨸏爲聲春秋傳曰將會鄭伯于⿰阝爲許爲切

⿰阝衣 酒泉天依阪也从𨸏衣聲於稀切

阹 依山谷爲牛馬圈也从𨸏去聲去魚切

除 殿陛也从𨸏余聲直魚切

隅 陬也从𨸏禺聲噳俱切

⿰阝區 敧也从𨸏區聲臣鉉等曰今俗作崎嶇非是豈俱切

⿰阝無 弘農陝東陬也从𨸏無聲武扶切

隄 唐也从𨸏是聲都兮切

階 陛也从𨸏皆聲古諧切

隈 水曲隩也从𨸏畏聲烏恢切

隤 下隊也从𨸏貴聲杜回切

陪 重土也一曰滿也从𨸏咅聲薄回切

陔 階次也从𨸏亥聲古哀切

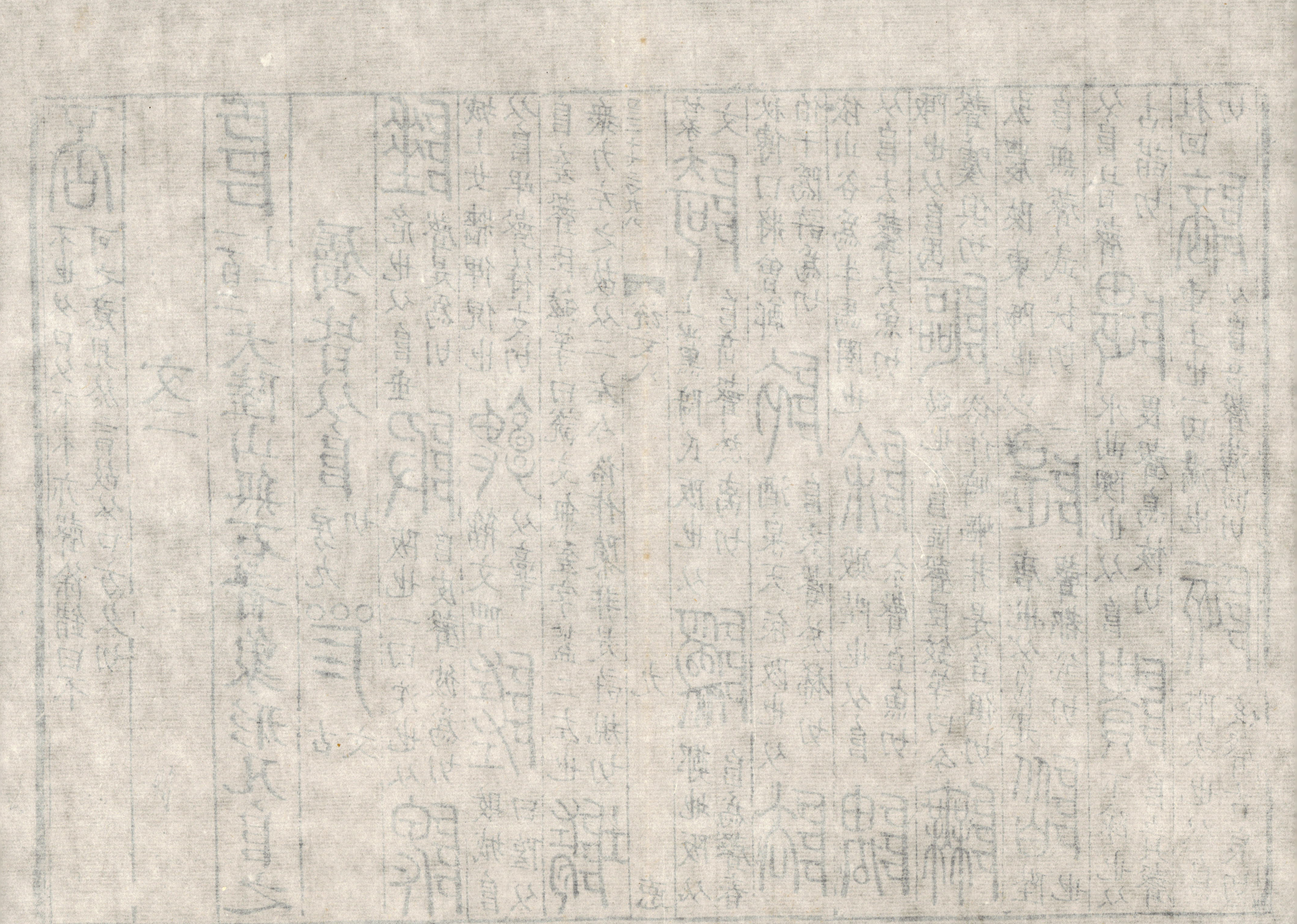

陳 宛丘，舜後嬀滿之所封。从𨸏从木，申聲。臣鉉等曰：陳者，太昊之虛，畫八卦之所，木德之始，故从木。直珍切

𨻰 古文陳

陙 水𨸏也。从𨸏，辰聲。食倫切

阠 陵名。从𨸏，卂聲。所臻切

陯 山𨸏陷也。从𨸏，侖聲。盧昆切 ○

阡 路東西爲陌，南北爲阡。从𨸏，千聲。倉先切

陶 再成丘也，在濟陰。从𨸏，匋聲。夏書曰：東至于陶丘。陶丘有堯城，堯嘗所居，故堯號陶唐氏。徒刀切

阿 大陵也。一曰曲𨸏也。从𨸏，可聲。烏何切

陽 高明也。从𨸏，昜聲。與章切

防 隄也。从𨸏，方聲。符方切

埅 防或从土

隍 城池也。有水曰池，無水曰隍。从𨸏，皇聲。易曰：城復于隍。乎光切

阬 閬也。从𨸏，亢聲。客庚切。臣鉉等曰：今俗作坑，非是。

⿰阝貞 丘名。从𨸏，貞聲。陟盈切

⿰阝頃 仄也。从𨸏从頃，頃亦聲。去營切

⿰阝丁 丘名。从𨸏，丁聲。讀若丁。當經切

陘 山絕坎也。从𨸏，巠聲。戶經切

陾 築牆聲也。从𨸏，耎聲。詩云：捄之陾陾。如乘切

陵 大𨸏也。从𨸏，夌聲。力膺切

陰 闇也。水之南，山之北也。从𨸏，侌聲。於今切

陬 阪隅也。从𨸏，取聲。子侯切

阽 壁危也。从𨸏，占聲。余廉切 ○

隴 天水大阪也。从𨸏，龍聲。力鍾切

阤 小崩也。从𨸏，也聲。丈尒切

阯 基也。从𨸏，止聲。諸市切

址 阯或从土

阻 險也。从𨸏，且聲。側呂切

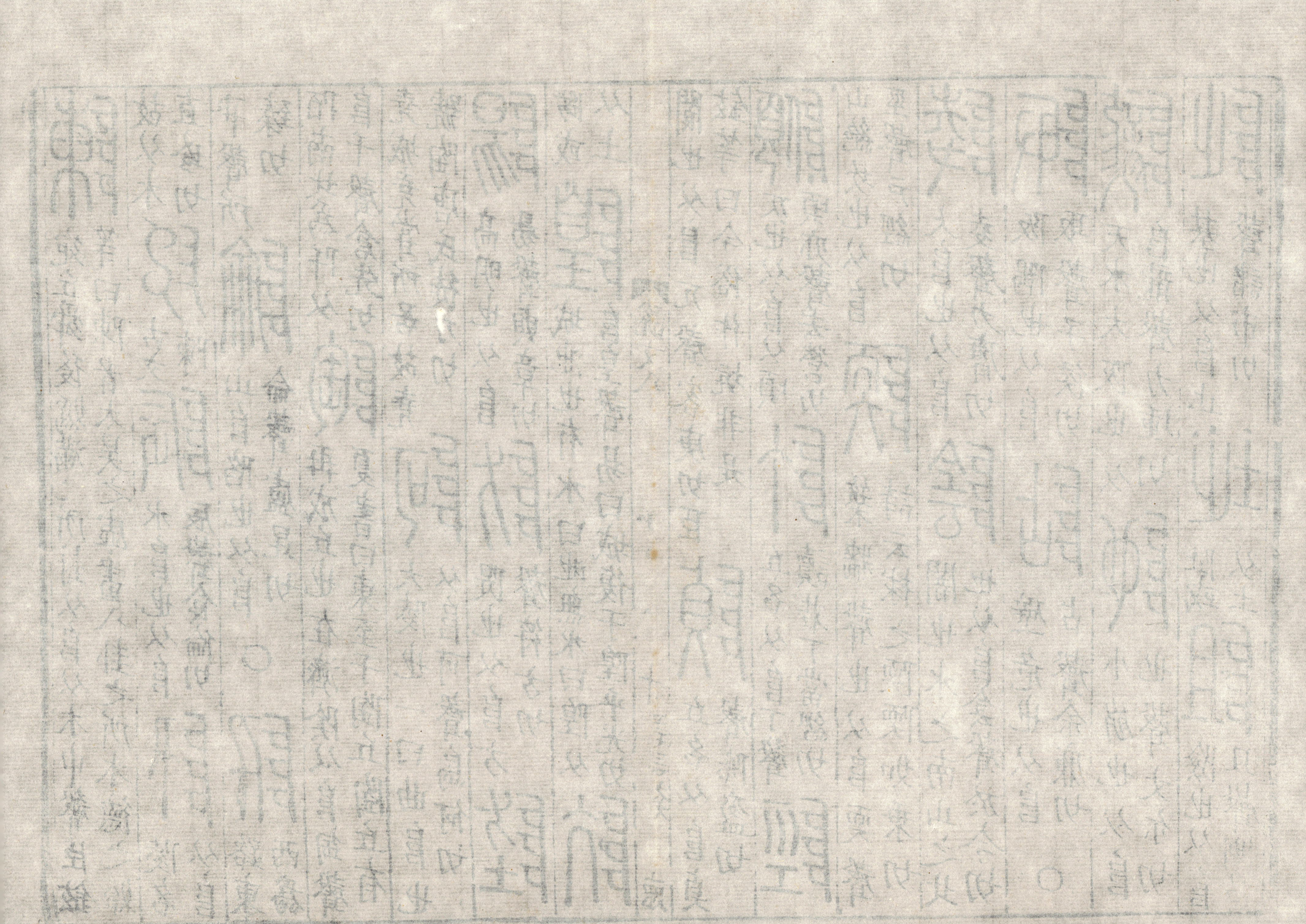

切

陼 如渚者陼丘水中高者也从𨸏者聲當古切

隖 小障也一曰庳城也从𨸏烏聲安古切

陛 升高階也从𨸏坒聲旁礼切

阺 秦謂陵阪曰阺从𨸏氐聲丁禮切

𨼋 水衡官谷也从𨸏解聲一曰小谿胡買切

隗 陮隗也从𨸏鬼聲五辠切

陮 陮隗高也从𨸏隹聲都辠切

[illegible] 石磊也从𨸏厽聲洛猥切

阭 高也一曰石也从𨸏允聲余準切

隕 從高下也从𨸏員聲易曰有隕自天于敏切

隱 蔽也从𨸏㥯聲於謹切

阮 代郡五阮關也从𨸏元聲虞遠切

⿰阝卷 河東安邑陬也从𨸏卷聲居遠切

阪 坡者曰阪一曰澤障一曰山脅也从𨸏反聲府遠切

⿰阝鯀 大𨸏也从𨸏鯀聲胡本切

限 阻也一曰門榍从𨸏艮聲乎簡切

⿰阝戔 水𨸏也从𨸏戔聲慈衍切

⿱臾𨸏 ⿱臾𨸏商小塊也从𨸏从臾臣鉉等曰臾古文蕢字去衍切

⿰阝⿱召土 耕以臿浚出下壚土也一曰耕休田也从𨸏从土召聲之少切

陊 落也从𨸏多聲臣鉉等曰今俗作墮非是徒果切

陝 弘農陝也古虢國王季之子所封也从𨸏夾聲失冉切

險 阻難也从𨸏僉聲虛檢切

○

隒 崖也从𨸏兼聲讀若儼魚檢切

降 下也从𨸏夅聲古巷切

陚 丘名从𨸏武聲方遇切

隃 北陵西隃鴈門是也从𨸏俞聲傷遇切

阼 主階也从𨸏乍聲昨誤切

際 壁會也从𨸏祭聲子例切

隊 從高隊也从𨸏㒸聲徒對切

陖 陗高也从𨸏夋聲私閏切

⿰阝彖 道邊庳垣也从𨸏彖聲徒玩切

院 堅也从𨸏完聲臣鉉等按宀部已有此重出王眷切

陗 陵也从𨸏肖聲七笑切

隩 水隈崖也从𨸏奧聲烏到切

障 隔也从𨸏章聲之亮切

隥 仰也从𨸏登聲都鄧切

附 附婁小土山也从𨸏付聲春秋傳曰附婁無松柏符又切

陋 阨陝也从𨸏㔷聲盧候切

陷 高下也一曰陊也从𨸏从臽臽亦聲戶𤞣切

○

隫 通溝也从𨸏𧶠聲讀若瀆徒谷切

古文隫从谷

陸 高平地从𨸏从坴坴亦聲力竹切

籀文陸

䧊 大𨸏也一曰右扶風郿有䧊𨸏从𨸏告聲苦浩切

阢 石山戴土也从𨸏从兀兀亦聲五忽切

陧 危也从𨸏从毁省徐巡以爲陧凶也賈侍中說陧法度也班固說不安也周書曰邦之阢陧讀若虹蜺之蜺五結切

隔 障也从𨸏鬲聲古覈切

阸 塞也从𨸏戹聲於革切

隙 壁際孔也从𨸏从𡭴𡭴亦聲綺戟切

陟 登也从𨸏从步竹力切

古文陟

阞 地理也从𨸏力聲盧則切

隰 阪下溼也从𨸏㬎聲似入切

陝 隘也从𨸏夾

聲臣鉉等曰今俗从山非是矦夾切

文九十二　重九

文二　新附

𨸏　一百二十三　兩𨸏之閒也从二𨸏凡𨸏之屬皆从𨸏　房九切

𨺅　塞上亭守湊火者从𨸏从火遂聲徐醉切　𤎏　篆文省　𨻲　陋也从𨸏𦕈聲𦕈籒文嗌字烏懈切　𨸫　籒文𨻲从𨸏益　𨸏　𨸏突也从

𨸏決省聲於決切

文四　重二

𦣻　一百二十四　百同古文百也巛象髮謂之鬊鬊即巛也凡𦣻之屬皆从𦣻　書九切

𩠐　截也从𦣻从斷大丸旨沇二切　剸　或从刀專聲

〇

䭫　下首也从𦣻旨聲康礼切

文三　重一

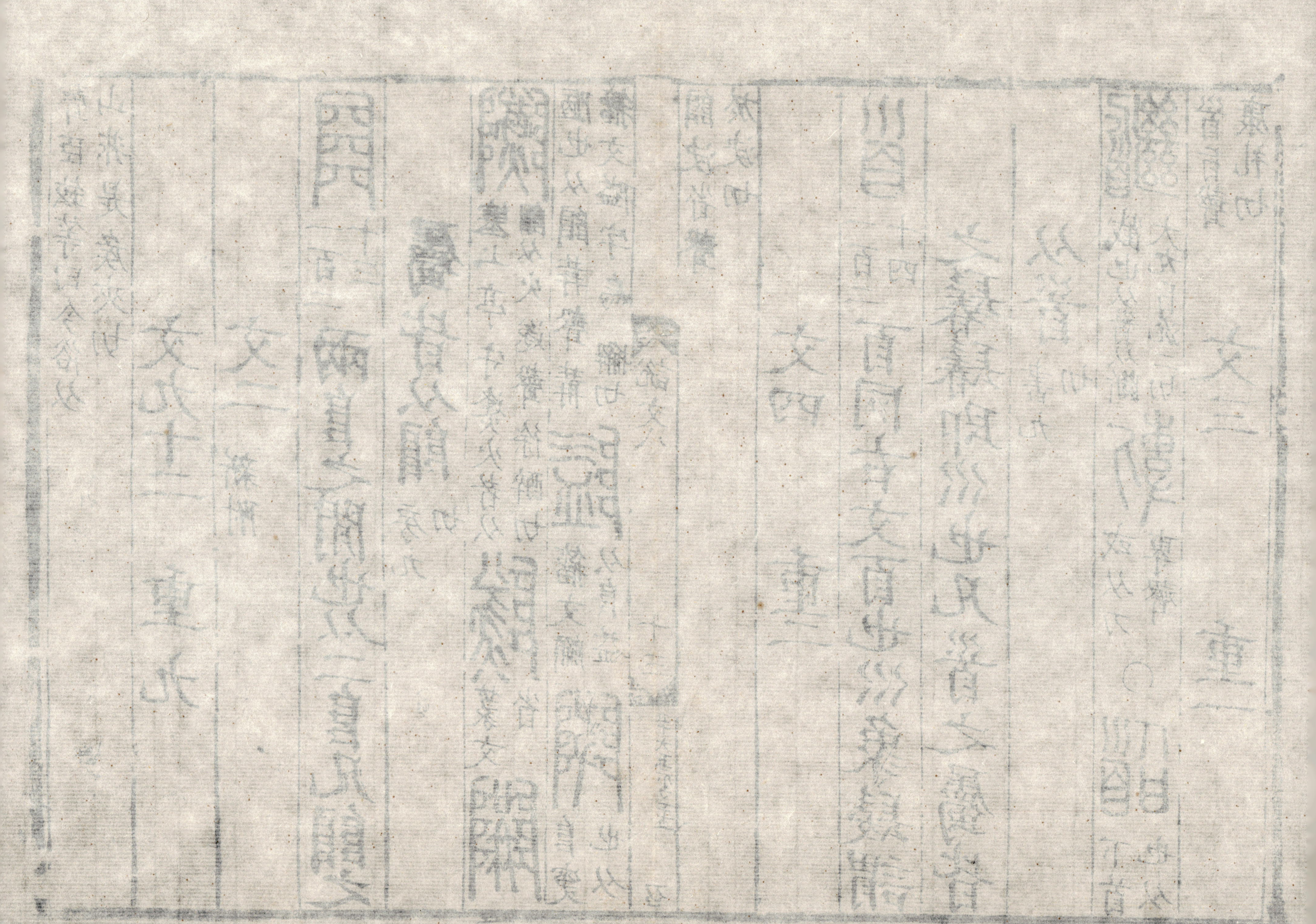

𦣻 一百二十五 頭也象形凡𦣻之屬皆从𦣻書九切

䭫 面和也从𦣻从肉讀若柔耳由切

文二

手 一百二十六 拳也象形凡手之屬皆从手書九切

𠂿 古文手

捀 奉也从手夆聲敷容切

扛 横關對舉也从手工聲古雙切

撞 卂擣也从手童聲宅江切

攡 舒也从手离聲丑知切

披 从旁持曰披从手皮聲敷羈切

㧑 旌旗所以指麾也从手靡聲許為切

撝 裂也从手為聲一曰手指也許歸切歸字恐誤

持 握也从手寺聲直之切

揮 奮也从手軍聲許歸切

据 戟挶也从手居聲九魚切

揟 取水沮也从手胥聲武威有揟次縣相居切

摴 舒也又摴蒱戲也从手雩聲丑居切

擧 對舉也从手輿聲以諸切

扜 指麾也从手亏聲億俱切

捄 盛土於梩中也一曰擾也詩曰捄之陾陾从手求聲舉朱切

扶 左也从手夫聲防無切

𢪃 古文扶

揄 引也从手俞聲羊朱切

摹 規也从手莫聲莫胡切
抪 捫持也从手布聲普胡切
捈 臥引也从手余聲同都切
攎 挐持也从手盧聲洛乎切
提 挈也从手是聲杜兮切
攜 提也从手巂聲戶圭切
⿰扌𣬈 反手擊也从手𣬈聲匹齊切
排 擠也从手非聲步皆切
推 排也从手隹聲他回切
摧 擠也从手崔聲一曰挏也一曰折也昨回切
捪 撫也从手昏聲一曰摹也武巾切
⿰扌因 就也从手因聲於眞切
扟 从上挹也从手卂聲讀若莘所臻切
援 引也从手爰聲雨元切
掀 舉出也从手欣聲春秋傳曰掀公出於淖虛言切
⿰扌虔 相援也从手虔聲巨言切
捫 撫持也从手門聲詩曰莫捫朕舌莫奔切

掄 擇也从手侖聲盧昆切
攤 開也从手難聲他干切
搫 搫擭不正也从手般聲薄官切
摶 圜也从手專聲度官切
掔 固也从手臤聲讀若詩赤舄掔掔臣鉉等曰今別作慳非是苦閑切
○挻 長也从手从延延亦聲式連切
攐 摳衣也从手褰聲去虔切
攣 係也从手䜌聲呂員切
捐 棄也从手肙聲與專切
拳 手也从手𢍏聲巨員切
捲 气勢也从手卷聲國語曰有捲勇一曰捲收也臣鉉等曰今俗作居轉切以爲捲舒之捲巨員切
挑 撓也从手兆聲一曰摷也國語曰郤至挑天土凋切
撩 理也从手尞聲洛蕭切

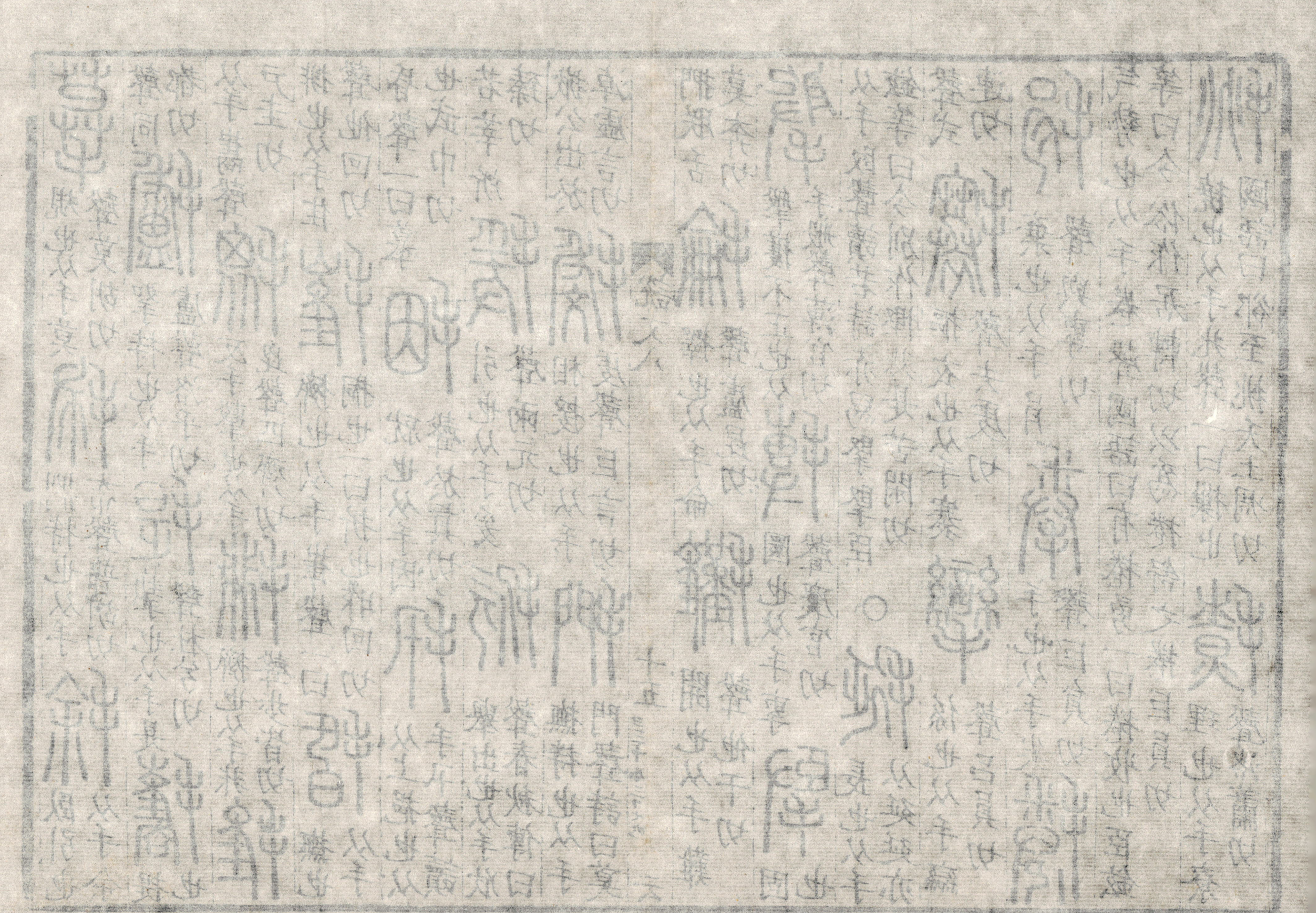

招 手呼也从手召止搖切

搖 動也从手䍃聲余招切

拋 棄也从手从尤从力或从手票聲案左氏傳通用摽詩摽有梅摽落也義亦同匹交切

捎 自關巳西凡取物之上者爲撟捎从手肖聲所交切

搔 括也从手蚤聲穌遭切

操 把持也从手喿聲七刀切

搯 捾也从手舀聲周書曰師乃搯搯者拔兵刃以習擊刺詩曰左旋右搯土刀切

抲 抲撝也从手可聲周書曰盡執抲虎何切

摩 研也从手麻聲莫婆切

拕 曳也从手它聲託何切

捼 推也从手委聲一曰兩手相切摩也臣鉉等曰今俗作挼非是奴禾切

抯 挹也从手且聲讀若樝棃之樝側加切

拏 牽引也从手奴聲女加切

挐 持也从手如聲女加切

揚 飛舉也从手昜聲與章切

敭 古文

𢪔 扶也从手爿聲士良切

攘 推也从手襄聲汝羊切

掔 擣頭也从手堅聲讀若鏗尒舍瑟而作口莖切

抨 撣也从手平聲普耕切

承 奉也受也从手从卪从収臣鉉等曰謹節其事承奉之義也故从卪署陵切

扔 因也从手乃聲如乘切

掤 所以覆矢也从手朋聲詩曰抑釋掤忌筆陵切

搄 引急也从手恒聲古恒切

摎 縛殺也从手翏聲居求切

𢳆 引也从手畱聲敕鳩切

抽 𢳆或从由

㩊 𢳆或从秀

揫 束也从手秋聲

詩曰百禄是揫即由切 **揂** 聚也从手酋聲即由切 **搜** 衆意也一曰求也从手叜聲詩曰束矢其搜所鳩切 **摳** 繑也一曰摳衣外堂从手區聲口矦切 **捊** 引取也从手孚聲步矦切 **抱** 捊或从包臣鉉等曰今作薄報切以爲褱袌字非是 **掊** 把也今鹽官入水取鹽爲掊从手音聲父溝切 **掫** 夜戒守有所擊从手取聲春秋傳曰賓將掫子矦切 **投** 擿也从手从殳度矦切 **摟** 曳聚也从手婁聲洛侯切 **捦** 急持衣衿也从手金聲巨今切 **㩒** 捦或从禁 **探** 遠取之也从手罙聲他含切 **⿰扌冄** 并持也从手冄聲他含切 **⿱斬手** 暫也从手斬聲昨甘切 **拑** 脅持也从手甘聲巨淹切

拈 挪也从手占聲奴兼切 **攕** 好手皃詩曰攕攕女手从手韱聲所咸切 **攙** 刺也从手毚聲楚銜切 ○ **挏** 攤引也漢有挏馬官作馬酒从手同聲徒總切 **搑** 推擣也从手茸聲而隴切 **搈** 動搈也从手容聲余隴切 **拱** 斂手也从手共聲居竦切 **拲** 兩手同械也从手从共共亦聲周禮上辠梏拲而桎居竦切 **桊** 拲或从木 **𢪏** 擁也从手巩聲居竦切臣鉉等案巩部有𢪏與巩同此重出 **擁** 抱也从手雝聲於隴切 **抧** 開也从手只聲讀苦抵掌之抵諸氏切 **扺** 側擊也从手氏聲諸氏切 **⿰扌此** 捽也从手此[illegible]

侯氏切

揣 量也从手耑聲度高曰揣一曰捶之徐鍇曰此字與耑聲不相近如喘遄之類皆當从瑞省初委切

捶 以杖擊也从手垂聲之壘切

掎 偏引也从手奇聲居綺切

技 巧也从手支聲渠綺切

□ 傷擊也从手从毀毀亦聲許委切

指 手指也从手旨聲職雉切

揆 葵也从手癸聲求癸切

擬 度也从手疑聲魚巳切

舉 對舉也从手與聲居許切

抒 挹也从手予聲神與切

撫 安也从手無聲一曰循也芳武切

古文从辵亡

拊 揗也从手付聲芳武切

擩 染也从手需聲周禮六曰擩祭而主切

扺 擠也从手氐聲丁礼切

捭 兩手擊也从手卑聲北買切

挨 擊背也从手矣聲於駭切

揗 摩也从手盾聲食尹切

扮 握也从手分聲讀若粉房吻切

抎 有所失也春秋傳曰抎子辱矣从手云聲于敏切

掍 同也从手昆聲古本切

損 減也从手員聲穌本切

撣 提持也从手單聲讀若行遲驒騱徒旱切

撚 執也从手然聲一曰蹂也乃殄切

揃 搣也从手前聲即淺切

揙 搏也从手扁聲婢沔切

攓 拔取也南楚語从手寒聲楚詞曰朝攓批之木蘭九輦切

扚 疾擊也从手勺聲都了切

擽 拘擊也从手巢聲子小切

擾 煩也从手夒聲而沼切

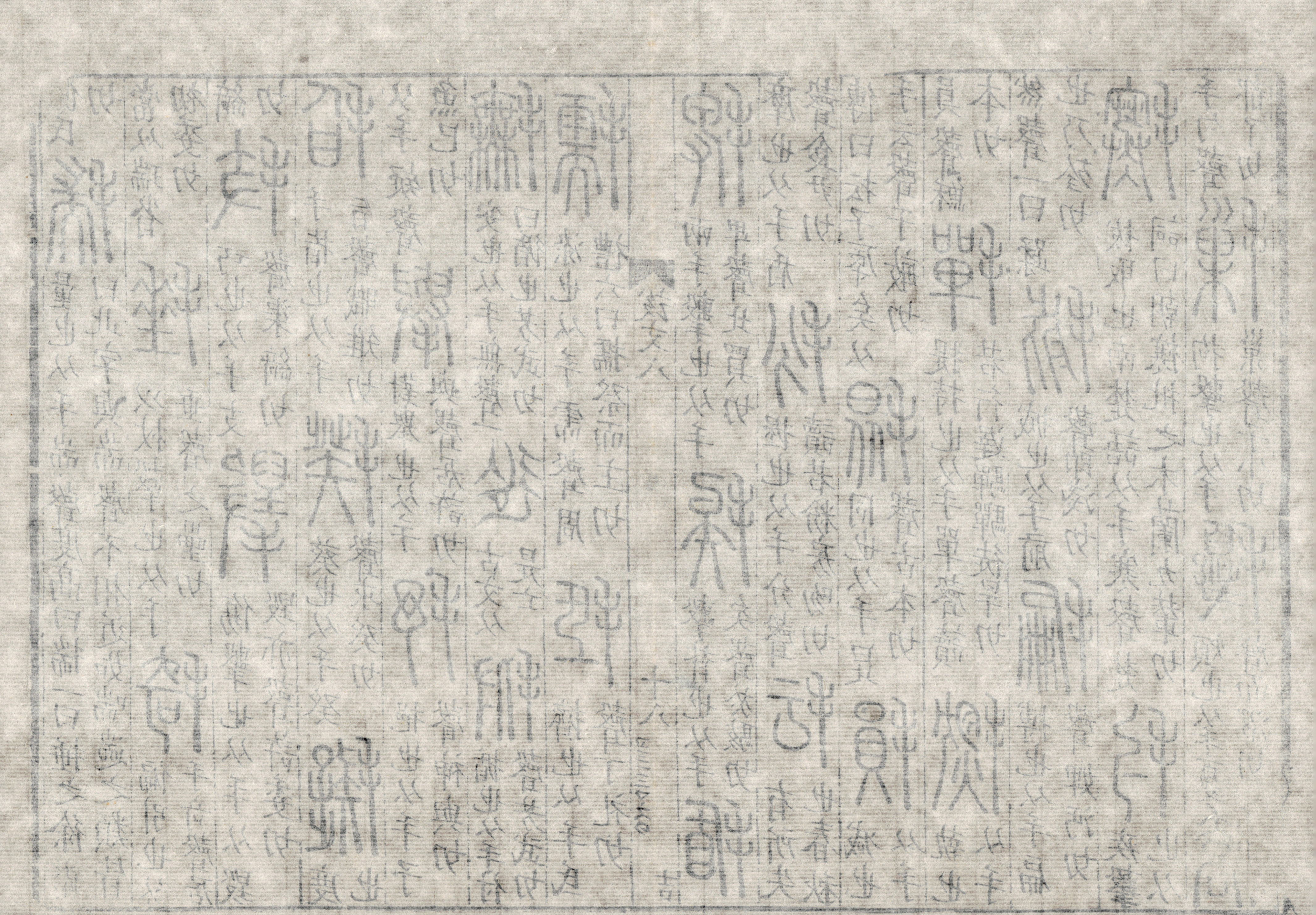

舉手也从手喬聲一曰撟擅也居少切

攪 亂也从手覺聲詩曰祇攪我心古巧切

拗 手拉也从手幼聲於絞切

撓 擾也从手堯聲一曰捄也奴巧切

擣 手推也一曰築也从手𠷎聲都晧切

把 握也从手巴聲搏下切

捨 釋也从手舍聲書治切

抰 以車鞅擊也从手央聲於兩切

掌 手中也从手尚聲諸兩切

攩 朋群也从手黨聲多朗切

打 擊也从手丁聲都挺切

挺 拔也从手廷聲徒鼎切

抍 上舉也从手升聲易曰抍馬壯吉蒸上聲

撜 抍或从登臣鉉等曰今俗別作拯非是

授 予也从手从受受亦聲殖酉切

扣 牽馬也从手口聲苦后切

⿰扌保 衣上擊也从手保聲方苟切

拇 將指也从手母聲莫厚切

抌 深擊也从手冘聲讀若告言不正曰抌竹甚切

揻 搖也从手咸聲臣鉉等曰今別作撼非是胡感切

擥 撮持也从手監聲盧敢切

撿 拱也从手僉聲良冉切

掩 斂也小上曰掩从手奄聲衣檢切

揜 自關以東謂取曰揜一曰覆也从手弇聲衣檢切

○

控 引也从手空聲詩曰控于大邦匈奴名引弓控弦苦貢切

⿱此手 積也詩曰助我舉掌搣頰旁也从手此聲前智切

摯 握持也从手从執脂利切

㨖 刺也从手致聲一曰刺之財至也陟利切

⿰扌貣 當也从手貣聲直利切

據 杖持也从手豦聲居御切

捕 取也从手甫聲薄故切
措 置也从手昔聲倉故切
擠 排也从手齊聲子計切
摕 撮取也从手帶聲讀若詩曰螮蝀在東都計切
𢮁 摕或从折从示兩手急持人也
撎 舉手下手也从手壹聲於計切
𢱭 引縱曰𢱭从手瘛省聲尺制切
揭 高舉也从手曷聲去例切又基竭切
抴 捈也从手世聲余制切
挂 畫也从手圭聲古賣切
𢷎 首至地也从手𠦪𠦪音忽徐鍇曰𠦪進趣之疾也故拜从之博怪切
拜 揚雄說拜从兩手下
𢪒 古文拜
摡 滌也从手既聲詩曰摡之釜鬵古代切
振 舉救也从手辰聲一曰奮也章刃切
挋 給也从手臣聲一曰約也章刃切
搢 插也从手晉聲搢紳前史皆作薦紳即刃切
㨖 拭也从手堇聲居焮切
攈 拾也从手麇聲居運切
搵 沒也从手𥁕聲烏困切
捘 推也从手夋聲春秋傳曰捘衛侯之手子寸切
扞 忮也从手干聲侯旰切
按 下也从手安聲烏旰切
換 易也从手奐聲胡玩切
掔 手掔也楊雄曰掔握也从手臤聲烏貫切
摜 習也从手貫聲春秋傳曰摜瀆鬼神古患切
擐 貫也从手睘聲春秋傳曰擐甲執兵胡慣切
擅 專也从手亶聲時戰切
掾 緣也从手彖聲以絹切
拚 拊手也从手弁聲皮變切

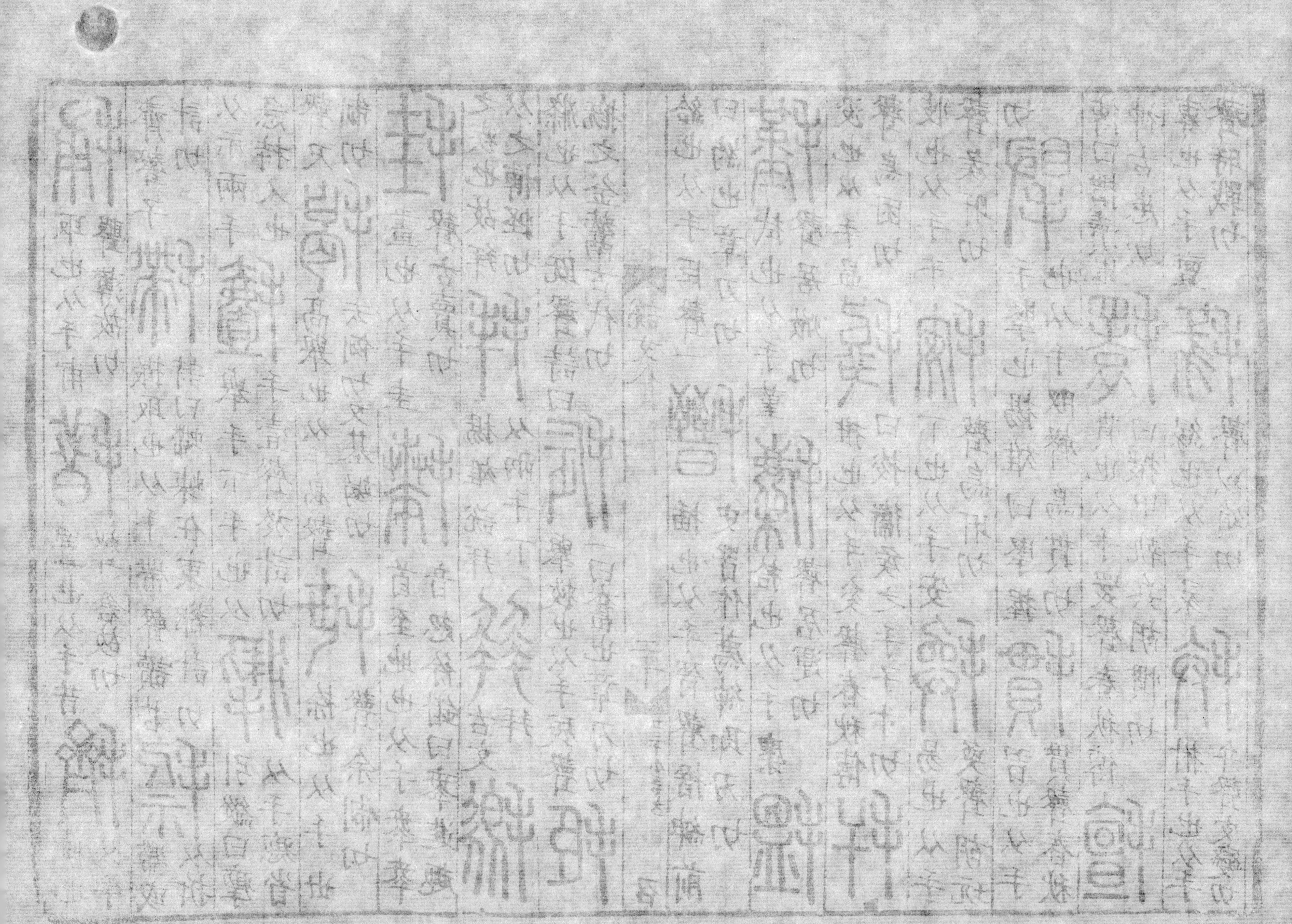

掉 搖也从手卓聲春秋傳曰尾大不掉徒弔切

𢷾 旁擊也从手敫聲苦弔切

摽 擊也从手票聲一曰挈門壯也符少切

播 種也一曰布也从手番聲補過切

𢻱 古文播

挫 摧也从手坐聲則臥切

㧓 橫大也从手瓜聲胡化切

抗 扞也从手亢聲苦浪切

杭 抗或从木臣鉉等曰今俗作胡郎切

摬 中擊也从手竟聲一敬切

搒 掩也从手旁聲北孟切

掕 止馬也从手夌聲里甑切

撢 探也从手覃聲他紺切

○摍 蹴引也从手宿聲所六切

執 撮也从手鞫省聲居六切

挶 戟持也从手局聲居玉切

𢹂 爪持也从手瞿聲臣鉉等曰今俗別作掬非是居玉切

搉 敲擊也从手隺聲苦角切

握 搤持也从手屋聲於角切

𣪸 古文握

撲 挨也从手菐聲蒲角切

揱 人臂皃从手削聲周禮曰輻欲其揱徐鍇曰人臂梢長纖好也所角切

捉 搤也从手足聲一曰握也側角切

擢 引也从手翟聲直角切

失 縱也从手乙聲式質切

挃 穫禾聲也从手至聲詩曰穫之挃挃陟栗切

抶 笞擊也从手失聲丑栗切

拂 過擊也从手弗聲徐鍇曰擊而過之也敷勿切

[illegible] 揩也从手[illegible]聲備亥

切

抈　折也从手月聲魚厥切

撅　从手有所把也从手厥聲居月切

捽　持頭髮也从手卒聲昨没切

搰　掘也从手骨聲户骨切

⿰扌圂　手推之也从手圂聲户骨切

扤　動也从手兀聲五忽切

撻　鄉飲酒罰不敬撻其背从手達聲他達切

𨔶　古文撻周書曰撻以記之

括　絜也从手昏聲古活切

捾　搯捾也从手官聲一曰援也烏括切

撥　治也从手發聲北末切

⿰扌巿　撞也从手巿聲普活切

撮　四圭也一曰兩指撮也从手最聲倉括切

掇　拾取也从手叕聲都括切

挩　解挩也从手兌聲他括切

捋　取易也从手寽聲郎括切

扴　刮也从手介聲古黠切

揠　拔也从手匽聲烏黠切

捌　方言云無齒杷从手別聲百轄切

拔　擢也从手犮聲蒲八切

搳　擖也从手害聲胡秸切

擖　刮也从手葛聲一曰撻也口八切

挈　縣持也从手韧聲苦結切

拮　手口共有所作也从手吉聲詩曰予手拮据古屑切

抉　挑也从手夬聲於說切

撆　別也一曰擊也从手敝聲芳滅切

揲　閱持也从手枼聲食折切

拙　不巧也从手出聲職說切

摵　批也从手戚聲子列切

掠　奪取也从手京聲本音亮唐韻或作擽離灼切

攫　扟也从手矍聲居縛切

搏　索持也一曰至也从手尃聲補各切

切 [illegible] 扟也从手瞿聲 [illegible]切 [illegible] 从上挹也从手[illegible]聲 [illegible]

[illegible]聲[illegible]切 [illegible] [illegible]也从手[illegible]聲[illegible]切 [illegible] [illegible]聲本[illegible]

[illegible]也从手[illegible]聲[illegible]切 [illegible] [illegible]也从手[illegible]聲 [illegible]切 [illegible] [illegible]也从手[illegible]

[illegible]也从手[illegible]聲 [illegible] [illegible] [illegible]也从手[illegible]聲[illegible]切 [illegible]

[illegible]口[illegible]也从手[illegible]聲[illegible]切 [illegible] [illegible]也从手[illegible]聲[illegible]切 [illegible]

[illegible]古[illegible] [illegible] [illegible]也从手[illegible]聲[illegible]切 [illegible] [illegible]也从手[illegible]聲[illegible]切

[illegible]也从手[illegible] [illegible] [illegible]也从手[illegible]聲 [illegible]切

文[illegible] [illegible] 文

[illegible]也从手[illegible] [illegible] [illegible]也从手[illegible]聲 [illegible]切 [illegible]

[illegible]也从手[illegible]聲[illegible]切 [illegible] [illegible]也从手[illegible]聲 [illegible]切 [illegible]

[illegible]也从手[illegible]聲[illegible]切 [illegible] [illegible]古文[illegible]从手[illegible] [illegible]

[illegible]也从手[illegible]聲[illegible]切 [illegible] [illegible]从手[illegible]聲[illegible]切 [illegible]

[illegible]也从手[illegible]聲[illegible]切 [illegible] [illegible]也从手[illegible]聲[illegible]切 [illegible]

[illegible] [illegible]也从手[illegible]聲[illegible]切 [illegible] [illegible]也从手[illegible]

拊也从手百聲普百切
柬選也从手睪聲丈伯切
按也从手弱聲尼革切
擊也从手各聲古覈切
裂也从手赤聲呼麥切
搫擭也一曰布擭也一曰握也从手蒦聲一虢切
刺也从手籍省聲周禮曰簎魚鼈士革切
撝也从手辟聲博戹切
捎也从手戚聲沙劃切
捉也从手益聲於革切
把也从手鬲聲於革切
搹或从戹
拾也陳宋語从手石聲之石切
拓或从庶
拓果樹實也从手啻聲一曰指近之也臣鉉等曰當从適省乃得聲他歷切又竹戹切
搔也从手適聲一曰投也直隻切
以手持人臂投地也从手夜聲一曰臂下也羊益切
攴也从手毄聲古歷切
捽也从手即聲魏郡有揤裴侯國子力切
易筮再扐而後卦从手力聲盧則切
掇也从手合聲是執切
攘也从手咠聲一曰手箸胷曰揖伊入切
抒也从手邑聲於汲切
縫指揩也一曰韜也从手沓聲讀若眔徒合切
摧也从手立聲盧合切
一指按也从手厭聲於協切
交也从手妾聲子葉切
獵也軍獲得也从手疌聲春秋傳曰齊人來獻戎捷疾葉切
引持也从手聶聲書涉切
敗也从手習聲之涉切
理持也从手巤聲良

吉

……渉切

㧙 拈也从手耴聲丁愜切

捻 指捻也从手念聲奴協切

挾 俾持也从手夾聲胡頰切

拹 摺也从手劦聲一曰拉也虛業切

掐 爪刺也从手臽聲苦洽切

插 刺肉也从手从臿楚洽切

扱 收也从手及聲楚洽切

文二百六十五　重十九

文十三　新附

禸 一百二十七 獸足蹂地也象形九聲尔疋曰狐貍貛貉醜其足蹞其迹厹凡厹之屬皆从厹人九切

蹂 篆文从足柔聲

离 山神獸也从禽頭从厹从屮歐陽喬說离猛獸也臣鉉等曰从屮義無所取疑象形呂支切

○

禽 走獸總名从厹象形今聲禽离兕頭相似巨今切

○

禹 蟲也从厹象形王矩切

𠣖 古文禹

𦣞 周成王時州靡國獻𦣞人身反踵自笑笑即上脣掩其目食人北方謂之土螻尔疋云𦣞𦣞如人被髮一名梟陽从厹象形符未切

萬 蟲也从厹象形無販切

○

禼 蟲也……

从厶象形讀與偰同私列切　𥜸古文禼

文七　重三

丑　一百二十八　紐也十二月萬物動用事象手之形時加丑亦舉手時也凡丑之屬皆从丑敕九切

羞　進獻也从羊羊所進也从丑丑亦聲息流切　○　䏔　食肉也从丑从肉女久切

文三

㫗　一百二十九　厚也从反亯凡㫗之屬皆从㫗徐鍇曰亯者進上也以進上之具反之於下則厚也胡口切

覃　長味也从㫗鹹省聲詩曰實覃實吁徒含切　○　古文覃　篆文覃省　○

厚　山陵之厚也从㫗从厂胡口切　垕　古文厚从后土

文三　重三

后　一百三十　繼體君也象人之形施令

口 人所以言食也象形凡口之屬皆从口 苦后切

文二

嘑 唬也从口虖聲荒烏切
吾 我自稱也从口五聲五乎切
嗁 號也从口虒聲杜兮切
哇 諂聲也从口圭聲讀若醫於佳切
咼 口戾不正也从口冎聲苦媧切
喈 鳥鳴聲也从口皆聲一曰鳳皇鳴聲喈喈古諧切
咍 蚩笑也从口从台呼來切
咳 小兒笑也从口亥聲戶來切
孩 古文咳从子
哀 閔也从口衣聲烏開切
唉 譍也从口矣聲讀若埃烏開切
哉 言之閒也从口𢦏聲祖才切
唇 驚也从口辰聲側鄰切
呻 吟也从口申聲失人切
君 尊也从尹發號故从口舉云切
𠱾 古文象君坐形
噴 吒也从口賁聲一曰鼓鼻普魂切
啍 口气也从口𦎫聲詩曰大車啍啍他昆切
吞 咽也从口天聲土根切
嘽 喘息也一曰喜也从口單聲詩曰嘽嘽駱馬他干切 ○
嗔 盛气也从口真聲詩曰振旅嗔嗔待年切
咽 嗌也从口因聲烏前切
唌 語唌嘆也从口延聲夕連切
嘫 語聲也从口然聲如延切
嘄 聲嘄嘄也从口梟聲古堯切
嘵 懼也从口堯聲詩曰唯予音之嘵嘵許幺切
嘌 疾也从口票聲詩曰匪車嘌兮撫招切
嗂 喜也从口䍃聲余招切
嘐 誇語也从口翏聲古肴切
哮 豕驚聲也从口孝聲許交切
咆 嗥也从口包聲薄交切

公

啁 啁嘐也从口周聲陟交切

嘲 謔也从口朝聲漢書通用啁陟交切

嘮 嘮呶讙也从口勞聲敕交切

呶 讙聲也从口奴聲詩曰載號載呶女交切

嘷 咆也从口皋聲乎刀切

獋 譚長說嘷从犬

嗷 衆口愁也从口敖聲詩曰哀鳴嗷嗷五牢切

咷 楚謂兒泣不止曰噭咷从口兆聲徒刀切

哦 吟也从口我聲五何切

咊 相譍也从口禾聲戶戈切

吪 動也从口化聲詩曰尚寐無吪五禾切

呀 張口皃从口牙聲許加切

唐 大言也从口庚聲徒郎切

啺 古文唐从口昜

喤 小兒聲从口皇聲詩曰其泣喤喤乎光切

嗙 謌聲嗙喻也从口旁聲司馬相如說淮南宋蔡舞嗙喻也補盲切

嚶 鳥鳴也从口嬰聲烏莖切

名 自命也从口从夕夕者冥也冥不相見故以口自名武并切

呈 平也从口壬聲直貞切

叴 高气也从口九聲臨淮有厹猶縣巨鳩切

嚘 語未定皃从口憂聲於求切

𠷎 誰也从口𠃬又聲𠃬古文疇直由切

啾 小兒聲也从口秋聲即由切

周 密也从用口職留切

𠁗 古文周字从古文及

喉 咽也从口侯聲乎鉤切

吺 讘吺多言也从口投省聲當侯切

呦 鹿鳴聲也从口幼聲伊虯切

呦或从欠

喑 宋齊謂兒泣不止曰喑从口音聲於今切

吟 呻也从口今聲魚音切

訡

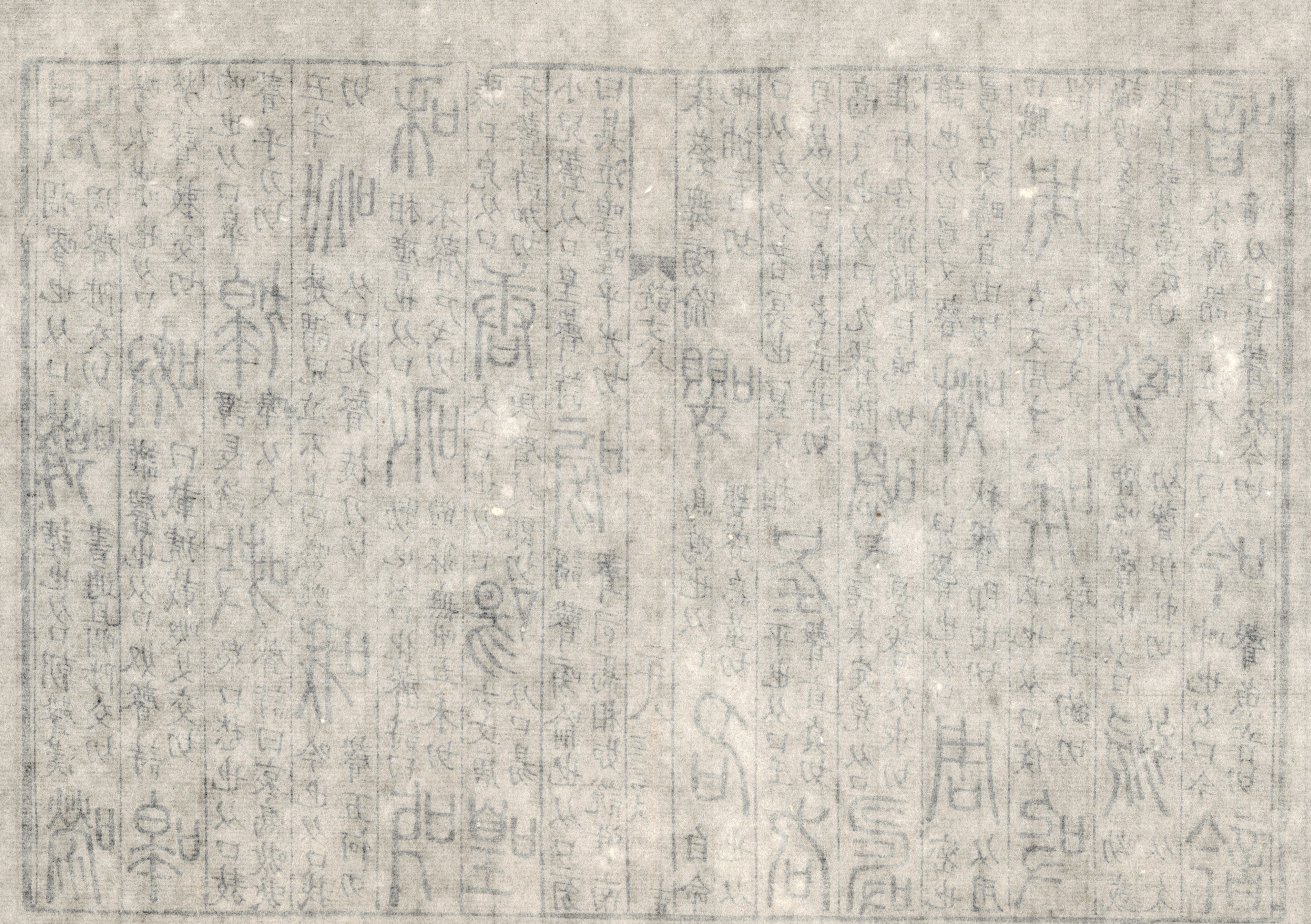

吟或从音
訡 或从言
唫 口急也从口金聲牛音切又巨錦切
含 嗛也从口今聲胡男切
嗛 口有所銜也从口兼聲戶監切
咸 皆也悉也从口从戌戌悉也胡監切
嚵 小啐也从口毚聲一曰喙也士咸切
噞 呻也从口嚴聲五銜切
○
唪 大笑也从口奉聲讀若詩曰瓜瓞菶菶方蠓切
呰 苛也从口此聲將此切
唯 諾也从口隹聲以水切
唏 笑也从口稀省聲一曰哀痛不泣曰唏虛豈切
咀 含味也从口且聲慈呂切
噳 麋鹿羣口相聚皃从口虞聲詩曰麀鹿噳噳魚矩切
吐 寫也从口土聲他魯切
呧 苛也从口氐聲都禮切

启 開也从戶从口康禮切
听 笑皃从口斤聲宜引切
吻 口邊也从口勿聲武粉切
脗 吻或从肉从昏
喗 大口也从口軍聲牛殞切
咺 朝鮮謂兒泣不止曰咺从口宣省聲況晚切
噂 聚語也从口尊聲詩曰噂沓背憎子損切
哯 不歐而吐也从口見聲胡典切
吮 欶也从口允聲徂沇切
喘 疾息也从口耑聲昌沇切
㕣 山間陷泥地从口从水敗皃讀若沇州之沇九州之渥地也故以沇名焉以轉切
𠮢 古文㕣
哆 張口也从口多聲丁可切
哽 語為舌所介也从口更聲讀若井級綆古杏切
否 不也从口从不方九切
嗿

聲也从口貪聲詩曰有嗿其饁他感切

嘾 含深也从口覃聲徒敢切

啖 噍啖也从口炎聲一曰噉徒敢切

噞 噞喁魚口上見也从口僉聲魚檢切

○

啻 語時不啻也从口帝聲一曰啻諟也讀若䩪施智切

嗜 嗜欲喜之也从口耆聲常利切

呬 東夷謂息爲呬从口四聲詩曰犬夷呬矣虛器切

喟 大息也从口胃聲丘媿切

嘳 喟或从貴

味 滋味也从口未聲無沸切

咥 大笑也从口至聲詩曰咥其笑矣許既切又直結切

哺 哺咀也从口甫聲薄故切

嚌 嘗也从口齊聲周書曰大保受同祭嚌在詣切

嚏 悟解气也从口疐聲詩曰願言則嚏都計切

說文八　三十　云

唳 鶴鳴也从口戾聲郎計切

嘒 小聲也从口彗聲詩曰嘒彼小星呼惠切

嚖 或从慧

喙 口也从口彖聲許穢切

噬 啗也喙也从口筮聲時制切

呭 多言也从口世聲詩曰無然呭呭余制切

嘅 嘆也从口既聲詩曰嘅其嘆矣苦蓋切

噧 高气多言也从口蠆省聲春秋傳曰噧言訶介切

噫 飽食息也从口意聲於介切

嘬 歠也从口最聲於介切

噲 咽也从口會聲讀若快一曰嚵噲也苦夬切

啐 驚也从口卒聲七内切

吠 犬鳴也从口犬符廢切

吝 恨惜也从口文聲易曰以往吝𠳹

等曰今俗別作悋非是良刃切

彣 古文吝从彣

問 訊也从口門聲亡運切

喚 評也从口奐聲古通用奐呼貫切

嘆 吞歎也从口歎省聲一曰太息也他案切

唸 吚也从口念聲詩曰民之方唸吚都見切

唁 弔生也从口言聲詩曰歸唁衛侯魚變切

嘯 吹聲也从口肅聲穌弔切

歗 籒文嘯从欠

叫 嘑也从口丩聲古弔切

噭 吼也从口敫聲一曰噭呼也古弔切

噍 齧也从口焦聲才肖切

嚼 噍或从爵又才爵切

哨 不容也从口肖聲才肖切

召 評也从口刀聲直少切

唾 口液也从口垂聲湯臥切

涶 唾或从水

嗻 遮也从口庶聲之夜切

吒 噴也叱怒也从口乇聲陟駕切

唬 嗁聲也一曰虎聲从口从虎讀若暠呼訝切

唱 導也从口昌聲尺亮切

唴 秦晉謂兒泣不止曰唴从口羌聲丘尚切

命 使也从口从令眉病切

右 助也从口从又徐鍇曰言不足以左復手助之于救切

售 賣去手也从口雔省聲詩曰賈用不售承臭切

噣 喙也从口蜀聲陟救切

嗾 使犬聲从口族聲春秋傳曰公嗾夫獒穌奏切

噤 口閉也从口禁聲巨禁切

啗 食也从口臽聲讀與含同徒濫切

○

嚛 食辛嚛也从口樂聲火沃切

㗑 音聲㗑㗑然从口豈

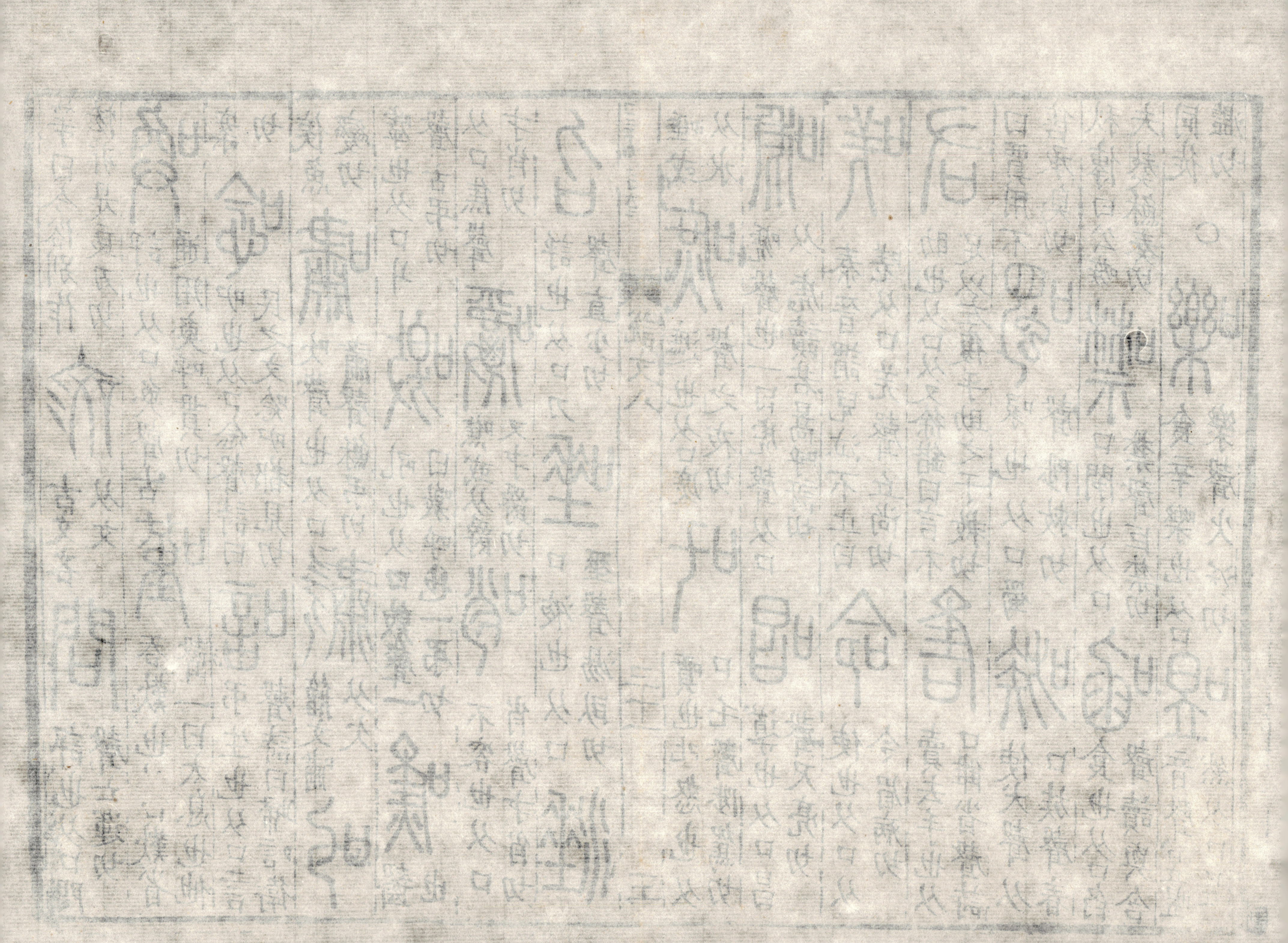

聲余六切

局 促也从口在尺下復局之一曰博所以行棊象形徐鍇曰人之無涯者唯口故口在尺下則爲局博局外有垠堮周限也渠綠切

嗀 歐皃从口殸聲春秋傳曰君將嗀之許角切

喔 雞聲也从口屋聲竹角切

啄 鳥食也从口豕聲竹角切

⿰口質 野人之言从口質聲之日切

叱 訶也从口七聲昌栗切

吉 善也从士口居質切

噊 危也从口矞聲余律切

咈 違也从口弗聲周書曰咈其耇長符弗切

吃 言蹇難也从口气聲居乙切

噦 气啎也从口歲聲於月切

咄 相謂也从口出聲當沒切

嗢 咽也从口𥁕聲烏沒切

⿱辛口 語相訶歫也从口歫辛辛惡聲也讀若櫱五葛切

𠯑 塞口也从口氒省聲氒音厥古活切

⿱氏甘 古文从甘

⿱竅口 口滿食从口竅聲丁滑切

噎 飯窒也从口壹聲烏結切

啜 嘗也从口叕聲一曰喙也昌說切

⿰口率 小歠也从口率聲讀若厥所劣切

哲 知也从口折聲陟列切

悊 哲或从心

嚞 古文哲从三吉

噱 大笑也从口豦聲其虐切

⿰口尃 噍皃从口尃聲補各切

嗼 啾嗼也从口莫聲莫各切

嗃 嗃嗃嚴酷皃从口高聲呼各切

各 異辭也从口夂夂者有行而止之不相聽也古洛切

啞 笑也从口亞聲易曰笑言啞啞於革切

嘖 大呼也从口責聲士革切

謮 嘖或从言 呝 喔也从口戹聲烏格切 嗌 咽也从口益聲伊昔切

𦤶 籀文嗌上象口下象頸脈理也 㗛 嗼也从口叔聲前歷切 喫 食也从口契聲苦擊切

嶷 小兒有知也从口疑聲詩曰克岐克嶷魚力切 咠 聶語也从口从耳詩曰咠咠幡幡七入切

㗱 噍也从口集聲讀若集子入切 吸 內息也从口及聲許及切

噆 嗛也从口朁聲子荅切 嗑 多言也从口盍聲讀若甲候榼切

㗇 妄語也从口夾聲讀若莢古叶切 呷 吸呷也从口甲聲呼甲切

文一百八十 重二十一

文十 新附

走 一百三十二

趨也从夭止夭止者屈也

凡走之屬皆从走 徐鍇曰走則足屈故从夭子苟切

趍 趍趙夂也从走多聲直离切

䞘 䞘䠶輕薄也从走虒聲讀若池直离切

𧺼 緣大木也一曰行皃从走支聲巨之切

趀 蒼卒也从走朿聲讀若資取私切

趑 趑趄行不進也从走次聲取私切

𧼫 走也从走幾聲居衣切

趄 趑趄也从走且聲七余切

𧾵 走顧皃从走瞿聲讀若劬其俱切

䠢 走也从走

[illegible] 頭上 [illegible]

[illegible]

文一百八十(?) 重二十一

[illegible]

凡走之屬皆从走

[illegible]

聲七遵切

趧 趧婁四夷之舞各自有曲从走是聲都兮切

⿺走里 留意也从走里聲讀若小兒孩戶來切

⿺走才 疑之等越而去也从走才聲倉才切

⿺走夋 行⿺走夋趨也从走夋聲七倫切

⿺走叡 走皃从走叡聲讀若紃臣鉉等以爲叡聲遠疑从睿祥遵切

⿺走亘 趄田易居也从走亘聲羽元切

⿺走睘 疾也从走睘聲讀若讙況袁切

赶 舉尾走也从走干聲巨言切

⿺走曼 行遲也从走曼聲莫還切

○

⿺走臱 走意从走臱聲布賢切

⿺走真 走頓也从走真聲讀若顛都年切

⿺走弦 急走也从走弦聲胡田切

⿺走亶 趁也从走亶聲張連切

⿺走虔 蹇行越越也从走虔聲讀若愆去虔切

⿺走雚 行⿺走雚趢也一曰行曲脊皃从走雚聲巨員切

趒 雀行也从走兆聲徒遼切

趬 行輕皃一曰趬舉足也从走堯聲牽遙切

⿺走票 輕行也从走票聲撫招切

超 跳也从走召聲敕宵切

趫 善緣木走之才从走喬聲讀若王子蹻去嚻切

趖 走意从走坐聲蘇和切

赹 獨行也从走匀聲讀若煢渠營切

趥 行皃从走酋聲千牛切

○

⿺走甬 喪辟⿺走甬从走甬聲余隴切

⿺走此 淺渡也从走此聲雌氏切

⿺走圭 半步也从走圭聲讀若跬同丘弭切

趡 動也从走隹聲春秋傳曰盟于趡趡地名千水切

起 能立也从走巳聲墟里切

⿺辵巳 古文起从辵

[illegible]

[illegible]

文八十五　重一

[illegible]

[illegible]

無此字疑厂象形兆聲今俗別作鍫非是土雕切

量也从斗米在其中讀若遼洛蕭切

杼也从斗余聲讀若荼似嗟切

量溢也从斗㫄聲普郎切

十龠也从斗亦象形識蒸切

勺也从斗甚聲職深切 ○

量也从斗臾聲周禮曰求三斞以主切 ○

玉爵也夏曰琖殷曰斝周曰爵从吅从斗冂象形與爵同意或說斝受六斗古雅切 ○

杼滿也从斗䜌聲俱願切

量物分半也从斗从半半亦聲博幔切 ○

十斗也从斗角聲胡谷切

相易物俱等爲斣从斗蜀聲昌六切

平斗斛也从斗冓聲古岳切

蠡柄也从斗倝聲揚雄杜林說皆以爲軺車輪斡烏括切

文十七

一百三十四 衆庶也从三口凡品之屬皆从品丕飲切

鳥羣鳴也从品在木上穌到切 ○

多言也从品相連春秋傳曰次于嵒北讀與聶同尼輒切

文三

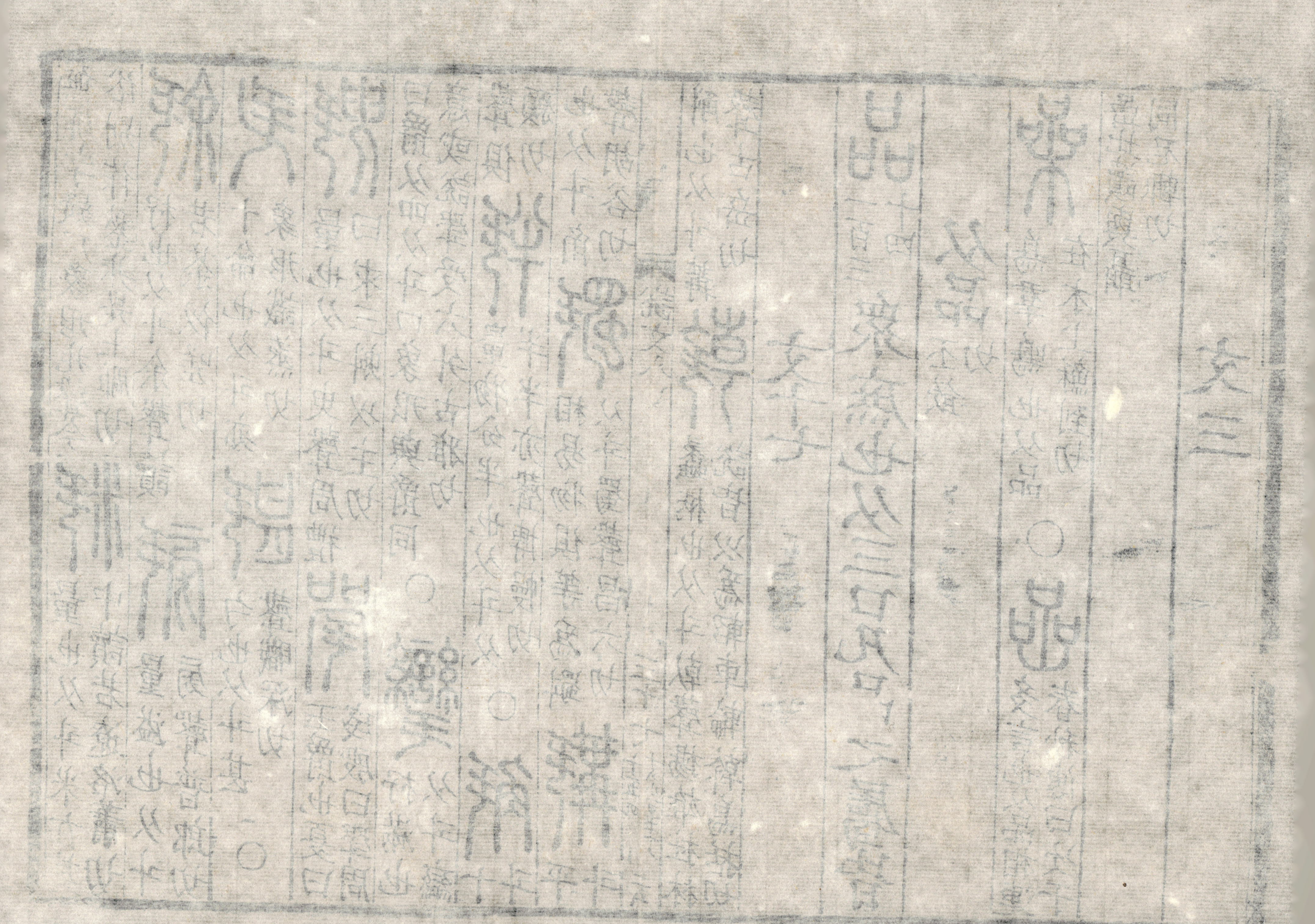

亩 一百三十五 穀所振入宗廟粢盛倉黄亩而取之故謂之亩从入回象屋形中有戶牖凡亩之屬皆从亩 力甚切

廩 亩或从广从禾

啚 嗇也从口亩亩受也 方美切

啚 古文啚如此

亶 多穀也从亩旦聲 多旱切

稟 賜穀也从亩从禾 筆錦切

文四 重二

㱃 一百三十六 歠也从欠酓聲凡㱃之屬皆从㱃 於錦切

㱃 古文㱃从今水

㱃 古文㱃从今食

歠 㱃也从㱃省叕聲 昌說切

吷 歠或从口从夬

文二 重三

𣐺 一百三十七 木垂華實从木𢎘𢎘亦聲凡𣐺之屬皆从𣐺 胡感切

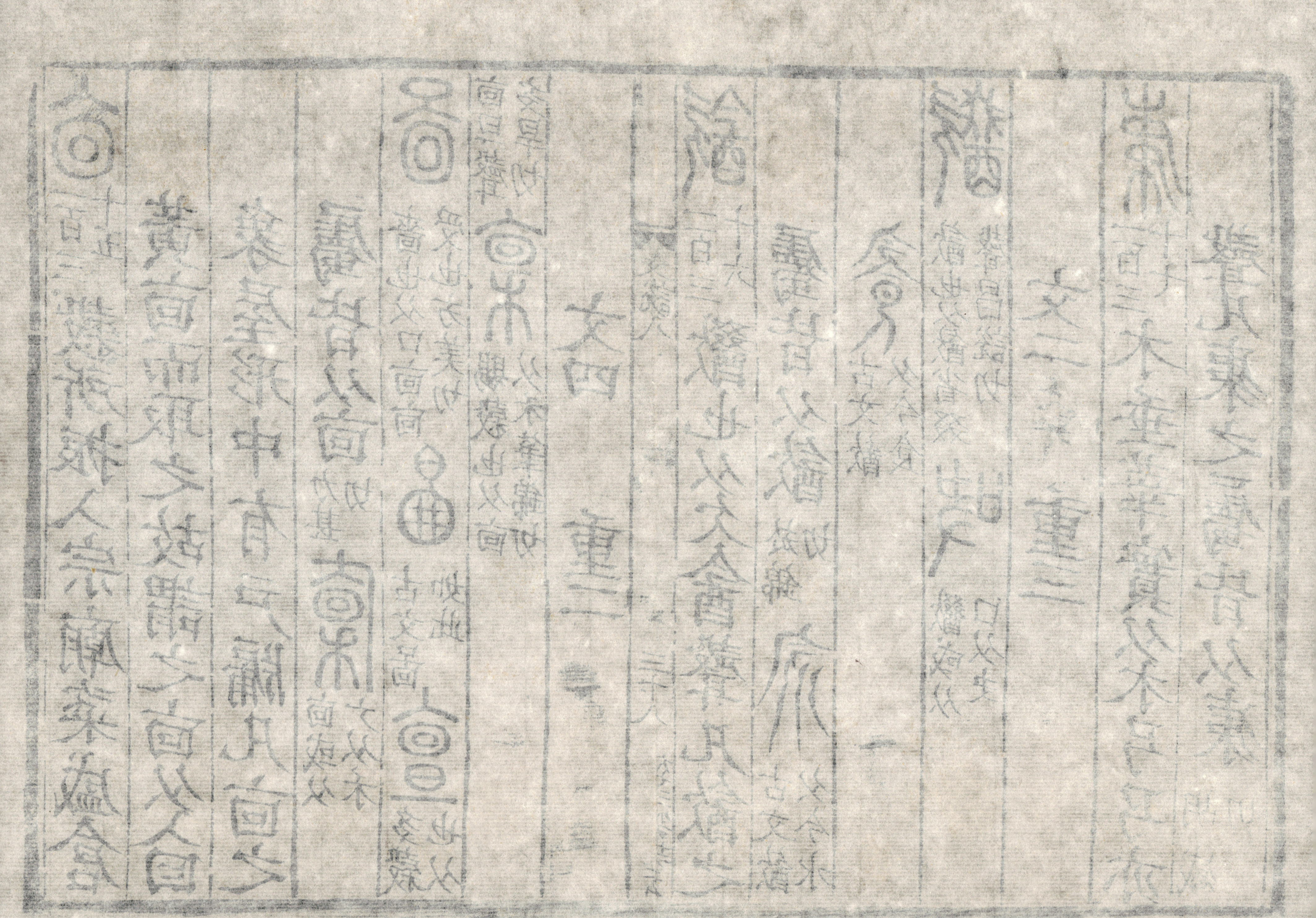

文二　重三

文四　重二

㐭 穀所振入宗廟粢盛倉黃㐭而取之故謂之㐭从入回象屋形中有戶牖凡㐭

⿰束韋 束也从束韋聲徐鍇曰言束之象木華實之相累也于非切

文二

𢎘 一百三十八 嘾也艸木之華未發圅然象形凡𢎘之屬皆从𢎘讀若含 平感切

𤰖 艸木𢎘盛也从二𢎘胡先切

㽕 木生條也从𢎘由聲商書曰若顛木之有㽕枿古文言由枿徐鍇曰說文無由字今尚書只作由枿蓋古文省𢎘而後人因省之通用爲因由等字从𢎘上象枝條華圅之形臣鉉等案孔安國注尚書直訓由作用也用枿之語不通以州切

圅 舌也象形舌體𢎘𢎘从𢎘𢎘亦聲胡男切

肣 俗圅从肉今

○

甬 艸木華甬甬然也从𢎘用聲余隴切

文五 重一

焱 一百三十九 火華也从三火凡焱之屬皆从焱 以冉切

燊 盛皃从焱在木上讀若詩曰莘莘征夫一曰役也所臻切

○

熒

屋下燈燭之光从焱冂戶扃切

文三

冄 一百四十 毛冄冄也象形凡冄之屬皆从冄 而琰切

文一

广 一百四十一 因广爲屋象對刺高屋之形凡广之屬皆从广讀若儼然之儼 魚儉切

⿸广怱 屋階中會也从广怱聲倉紅切

廱 天子饗飲辟廱从广雝聲於容切

龐 高屋也从广龍聲薄江切

⿸广且 人相依庶也从广且聲子余切

廬 寄也秋冬去春夏居从广盧聲力居切

廚 庖屋也从广尌聲直株切

⿸广隹 屋从上傾下也从广隹聲都回切

廑 少劣之居从广堇聲巨斤切

⿸广文 屋牝瓦下一曰維綱也从广閔省聲讀若環戶關切

○

廛 一畝半一家之居从广里八土直連切

廫 空虛也从广膠聲臣鉉等曰今別作寥非是洛蕭切

[illegible]

廚也从广包聲薄交切

⿸广秅 開張屋也从广秅聲濟陰有⿸广秅縣宅加切

廂 廊也从广相聲息良切

庠 禮官養老夏曰校殷曰庠周曰序从广羊聲似陽切

廊 東西序也从广郎聲漢書通用郎魯當切

庭 宮中也从广廷聲特丁切

廔 屋麗廔也从广婁聲一曰穜也洛侯切

廞 陳輿服於庭也从广欽聲讀若歆許今切

廉 仄也从广兼聲力兼切

○

⿸广侈 廣也从广侈聲春秋國語曰俠溝而⿸广侈我尺氏切

庪 祭山曰庪縣从广技聲過委切

庳 中伏舍从广卑聲一曰屋庳或讀若逋便俾切

庤 儲置屋下也从广寺聲直里切

序 東西牆也从广予聲徐吕切

府 文書藏也从广付聲臣鉉等曰今藏腑字俗書从肉非是方矩切

廡 堂下周屋从广無聲文甫切

廡 籀文从舞

庾 水槽倉也从广臾聲一曰倉無屋者以主切

𢉨 廡也从广虜聲讀若鹵郎古切

底 山居也一曰下也从广氐聲都礼切

庉 樓牆也从广屯聲徒損切

廈 屋也从广夏聲胡雅切

庌 廡也从广牙聲周禮曰夏庌馬五下切

廣 殿之大屋也从广黃聲古晃切

廮 安止也从广嬰聲鉅鹿有廮陶縣於郢切

庰 蔽也从广并聲必郢切

庱 地名从广未詳丑拯切

庮 久屋朽木从广酉聲周禮曰牛夜鳴則庮臭如朽木與久切

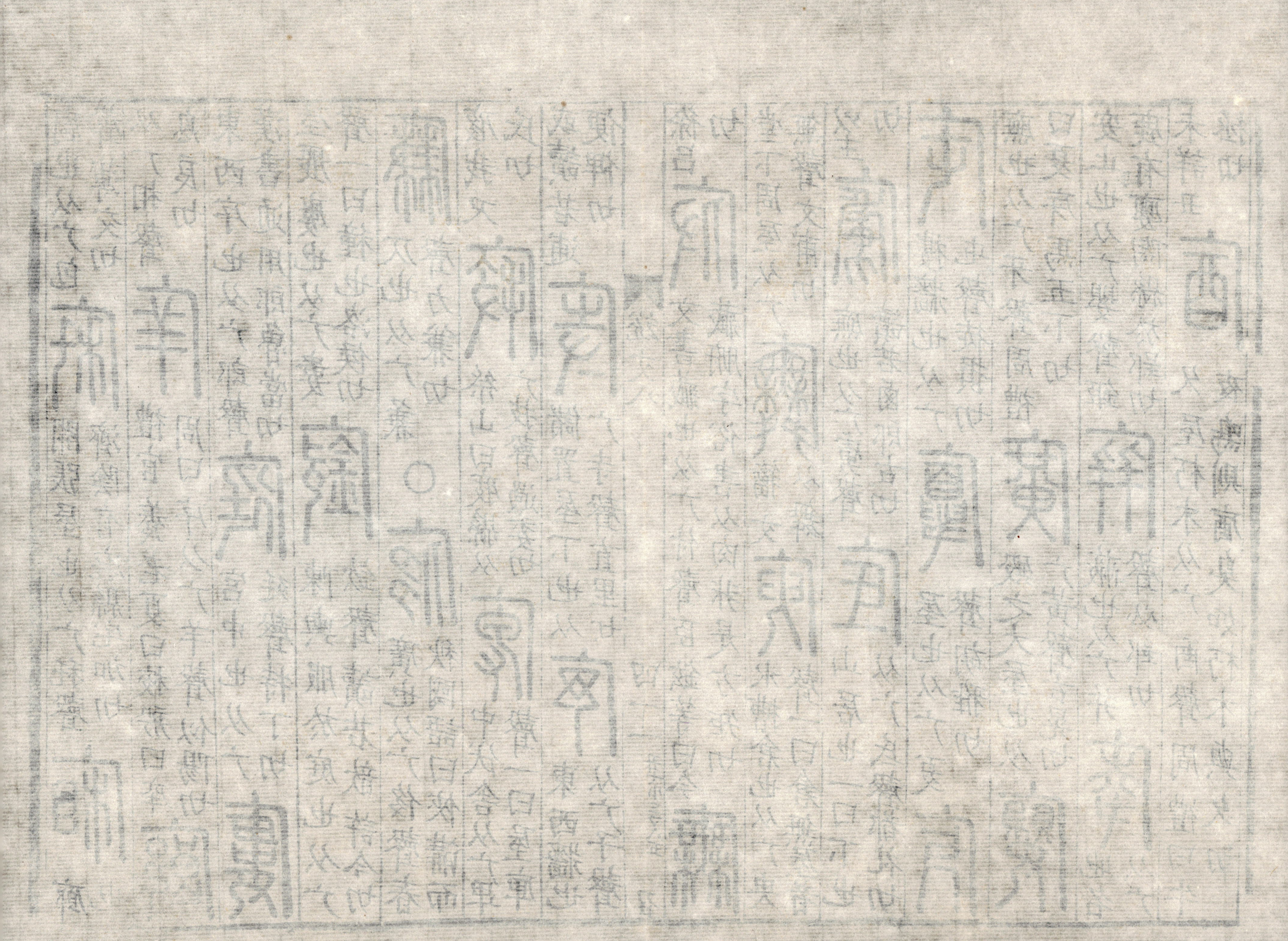

○庇蔭也从广比聲必至切　廁清也从广則聲初吏切　庶屋下衆也从广炗炗古文光字臣鉉等曰光亦衆盛也商署切　庫兵車藏也从車在广下苦故切　廥芻藁之藏从广會聲古外切　廢屋頓也从广發聲方肺切　廟尊先祖皃也从广朝聲眉召切　庿古文　廏馬舍也从广𣪘聲周禮曰馬有二百十四匹爲廏廏有僕夫居又切　古文从九　廇中庭也从广留聲力救切　廖人姓从广未詳當是省廫字尔力救切　○庢礙止也从广至聲陟栗切　𢉀屋迫也从广曷聲於歇切　废舍也从广犮聲詩曰召伯所废蒲撥切　㡿郤屋也从广屰聲昌石切　廦牆也从广辟聲比激切　廙行屋也从广異聲與職切

文四十九　重三　文六新附

一百四十二

凵張口也象形凡凵之屬皆从凵　口犯切

文一

重刊許氏說文解字五音韻譜卷八

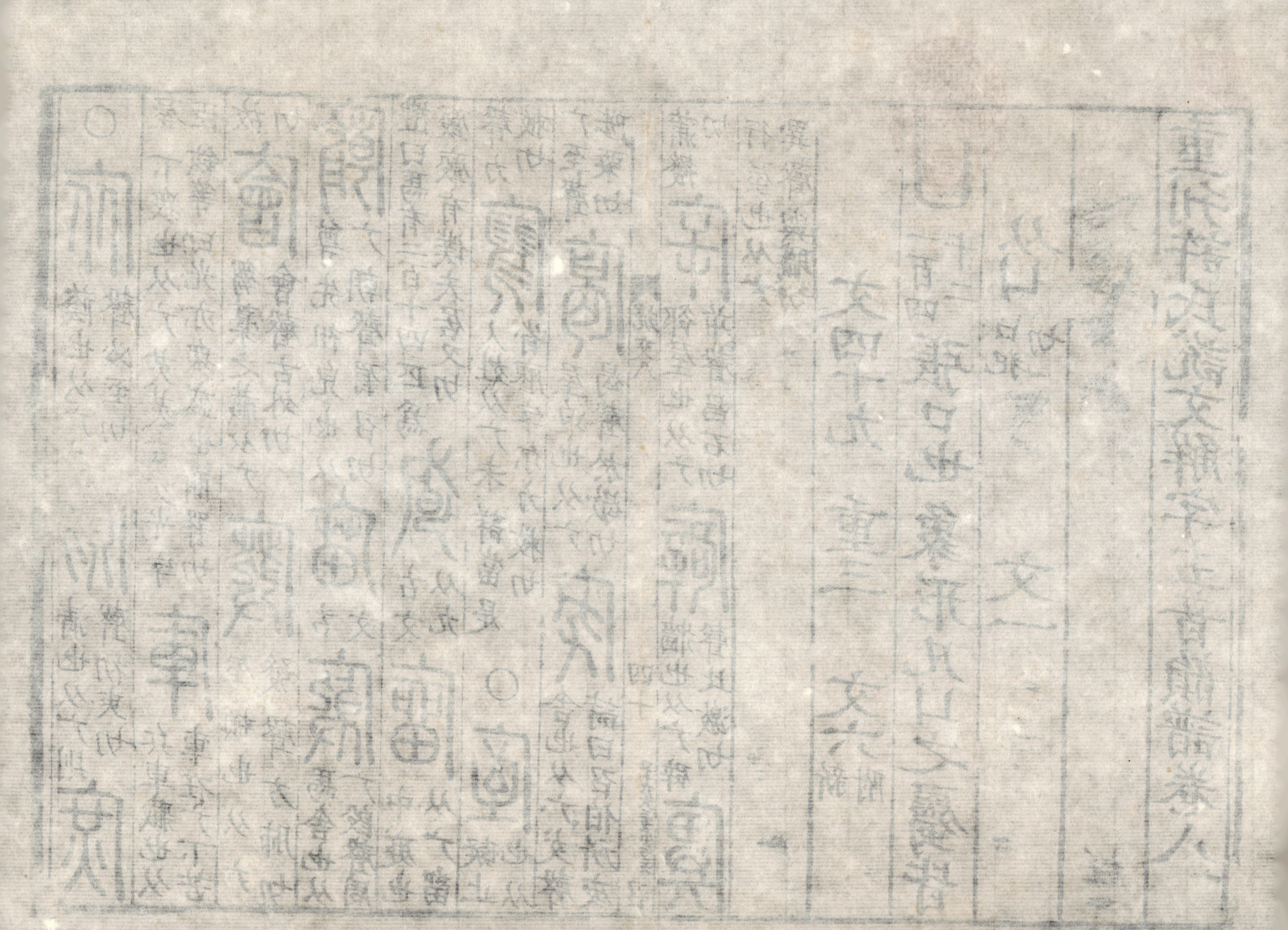

重修說文解字五音韻譜卷八

凵 口犯切 文一

凵 張口也象形凡凵之屬皆从凵

文四十九 重十一 文六新附

[illegible]

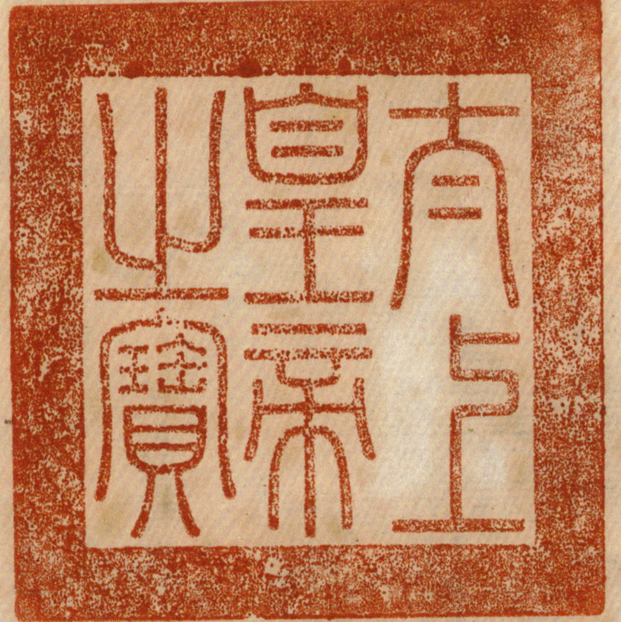